Sechs Quadratmeter Leben

Teil 2
Monatshighlight: Löffelkarussell

Tatjana Meissner

Tatjana Meissner, Potsdam

ISBN: 9798580367941

1. Auflage 2020

www.tatjana-meissner.de

Büro:
Art-things, Jörg Grimmer
Lennéstraße 43 a, 14469 Potsdam
tatjana-meissner@art-things.com

Umschlaggestaltung: art-things, Jörg Grimmer
Fotos: Robert Lehmann, Lichtbilder Berlin
Druck und Bindung: Amazon

WILLKOMMEN IN MEINEM LEBEN!

Ich freue mich, dass Sie dieses Buch gekauft haben. Hiermit halten Sie den zweiten Teil einer Serie von „Sechs Quadratmeter Leben“ in der Hand. Ich hoffe sehr, dass Sie beim Lesen, genau wie ich beim Schreiben, erstaunt, vielleicht wütend oder betroffen sein werden, sich wundern und freuen, weinen und lachen. Und danach unbedingt den dritten Teil lesen möchten und dann den vierten und den fünften…

So, und jetzt wünsche ich Ihnen viel Spaß bei Teil 2:
„Monatshighlight: Löffelkarussell"!

PROLOG

Mein letzter Tagebucheintrag stammt aus meiner frühen Jugend. Damals, einen Tag vor meinem allerersten Sex, habe ich mich ausführlich darüber geäußert, dass Geschlechtsverkehr gar nicht nötig sei, weil mich mein Freund auch einfach so lieben würde. Ich sehe mich in meinem vielleicht etwas mehr als 6 qm großen Kinderzimmer unserer Neubauwohnung auf dem Erfurter Johannesplatz sitzen und schreiben. Meine Mutter sagte damals Jugendzimmer, denn mit dem Besuch der Heinrich-Mann-Oberschule bekam ich statt des Spielzeugschrankes eine kleine Hellerauschrankwand mit Schreibtisch an die Stirnseite des Zimmers gestellt.

Das ist über 40 Jahre her. Danach habe ich nie wieder Tagebuch geschrieben. Warum? Auf keinen Fall, weil mein Leben danach weniger aufregend war. Immerhin werde ich im kommenden Jahr 60 Jahre alt. Das klingt alt. Ich fühle mich trotzdem zu jung, eine Biografie zu schreiben. Aber ich werde die Zeit des Corona-Lockdowns nutzen, auf mein Leben zurückzublicken, auf gute und schlechte Zeiten, werde mich erinnern und reflektieren, Erfahrungen und einen Teil meiner unzähligen privaten und beruflichen Erlebnisse der vergangenen knapp 60 Jahre in Auszügen mit meinen Tagebuch-Lesern teilen.

Wenn ich meine pubertären Einträge von damals durchblättere, ärgere ich mich und werde das Gefühl nicht los, dass ich sogar in diesen privaten Aufzeichnungen meine Gedanken und Gefühle zensiere. Nur aufschreibe, was auch meiner Mama gefallen könnte, sie nicht enttäuschen würde.

Heute, nach über 40 Jahren beginne ich wieder Tagebuch zu schreiben. Nicht in einem Kinderzimmer, aber wieder auf einer Fläche von nur 6 Quadratmetern, meinem Balkon. Weil etwas Neues, mein Leben stark Beeinflussendes passiert. Ein Virus stürzt die ganze Welt in eine Pandemie, die zu Verordnungen führt, zu einschränkenden Maßnahmen und mich in eine psychisch sehr angespannte Situation. Ich will darüber diesmal ungefiltert und offen schreiben, meine täglichen Erlebnisse und Gefühle schildern, meine Meinung kundtun. So, wie ich es vielleicht schon vor über 40 Jahren und auf jeden Fall vor 30 Jahren hätte tun sollen, als es den ersten großen Umsturz in meinem Leben gab. Mauerfall und Wende 1989/90. Was damals mit mir passierte, was ich dachte und fühlte kann ich nur aus heutiger Sicht erinnern und wüsste doch gern Genaueres. Damals veränderte sich ein limitiertes Leben in ein freies. Jetzt ist es umgekehrt.

MAI 2020

1. Mai 2020

Eigentlich habe ich das Gefühl, dass es mir mit der Krise und dem Berufsverbot mental besser geht. Trotzdem meint Carsten, dass meine Stimme wieder dünn geworden sei, als wir auf dem Weg zur ersten DEMO meines Lebens Theo treffen. Er fragt nämlich sofort, wie es uns gehe. Ich antworte dünnhäutig. Kann nichts dagegen tun. Theo ist vom Alter her Risikogruppe und so früh schon unterwegs, um seinen Körper zu bewegen. Sagt er. Als er noch nicht Rentner war, arbeitete er beim Arbeitsamt und war zu Wendezeiten Ansprechpartner für alle Künstler in Potsdam.

Er hat mir damals durch den Dschungel neuer Gesetze, Möglichkeiten und Umbrüche sehr geholfen, vermittelte mir meine erste ABM-Stelle bei Schlösser und Gärten Sanssouci. Dort war ich 1991/ 92 in der Besucherbetreuung verantwortlich für die Einteilung der Park- und Schlossführer, schrieb Rechnungen, erledigte Büroarbeit. Dort habe ich mich wohl gefühlt, inmitten älterer Damen, die mir auch manchmal mütterliche Zuhörerinnen waren. Eines Tages sah ich im Park einen jungen Mann, umringt von Journalisten mit Mikrofonen und Kameraleuten. „Wer ist das?", fragte ich meine Kolleginnen. Das ist der Pressesprecher der Stiftung. Dieser Beruf, von dem ich bis dahin noch nie gehört hatte, gefiel mir. Im Park stehen und den Presseleuten Wichtigkeiten berichten. Als das Potsdamer Kabarett 20 ABM-Stellen bekommen sollte, bewarb ich mich als Pressesprecher. Wurde aber erstmal abgelehnt. Weswegen mir Theo nach dem Auslaufen der ABM bei Sanssouci eine Weiterbildung zur Tourismus-Kauffrau vermittelte. Nach der ersten Unterrichtsstunde meldete sich das Potsdamer

Kabarett doch bei mir. Der neue Chef aus dem Westen mochte mich, hatte sich gegen den amtierenden Geschäftsführer durchgesetzt und ich begann meine Arbeit als erste Pressesprecherin des Potsdamer Kabaretts am Obelisk ohne Kenntnis der Materie.
Auf der Betonfläche des Alten Marktes stehen hunderte Stühle direkt vor unserem Disney-Landtagsschloss, dazwischen so viele Menschen, wie ich sie seit Wochen nicht mehr zusammen gesehen habe. Es sind die Gastronomen aus Potsdam und Umgebung. Alle vereint in dem Gedanken, ihre Restaurants, Bars und Clubs zu retten. Das macht mich sofort wieder melancholisch. Wahrscheinlich der Tati-spezifische Weltfestspiele-Effekt.
Es wird auf Töpfen getrommelt, gepfiffen, geklatscht und es werden natürlich Reden gehalten. Ein bisschen linkisch. Der Ruf nach 7 %-Umsatzsteuer wird laut. Aber was nutzt eine Steuer auf Umsatz, wenn es keinen Umsatz gibt? Auch der Oberbürgermeister ist da. Er sagt, er könne nur eine Verschärfung der Maßnahmen bestimmen. Keine Lockerung. Lockerungen seien Ländersache. Ich muss sofort an Caputh denken. Dann stimmt meine Vermutung, dass dort tatsächlich der Bürgermeister für die Flatterband-Hysterie verantwortlich ist.
Wir treffen alte Bekannte. Alle irgendwie gastronomisch unterwegs und alle – genau wie wir - der Meinung, dass die Maßnahmen überzogen, nicht angemessen und ungerecht sind. Ein Markt voller Gleichgesinnter. Wenig später lese ich auf Facebook einen Artikel über die Assis, die Corona leugnen. Damit sind genau wir gemeint, obwohl wir das Virus gar nicht leugnen, sondern den Umgang damit überdenkenswert finden. Diese Verunglimpfung Andersdenkender und das Denunziantentum sind wirklich das Schlimmste an dieser Pandemie. Dazu die Machtgeilheit einzelner Politiker, das Spiel mit der Angst, Selbstgefälligkeit, Neid und bornierte Bösartigkeit. Eigenschaften, die ohne Pandemie gut verborgen werden, kommen jetzt an die

Oberfläche. Das ist traurig und wird manche Menschen kränker zurücklassen, als sie es vor der Krise waren. Nicht durch Covid-19, sondern wegen der Maßnahmen des Lockdowns.

2. Mai 2020

Es klingelt. Durch die Sprechanlage meldet sich eine Frauenstimme. „Hier ist die Polizei Potsdam." Sofort überlege ich leicht panisch, ob ich mich nicht regelkonform verhalten haben könnte. Alter Reflex. Aber zum Glück sind wir offensichtlich nicht schuldig. Unser auf der Straße parkendes Auto wurde angefahren. Von einem älteren Herrn, der schrecklich blass ist vor Aufregung. Er hatte schon eine Stunde lang auf die Polizei gewartet. Nicht selbstverständlich. Die Polizisten erklären uns lang und breit, warum sie kein Protokoll schreiben wollen und wir uns selber einigen sollen. Das würde dem Herrn eine Ordnungsstrafe ersparen. Das machen wir dann auch. Bei uns sind der rechte Kotflügel und die Stoßstange geschrammt worden, das Auto des Verursachers sieht schlimmer aus. Die gesamte linke Seite ist auf voller Länge verbeult. Der ältere Herr tut mir leid und ich bin ihm absurder Weise dankbar. Für sein Warten. Langsam bekommt er wieder Farbe ins Gesicht. Seine Direktversicherung ist nicht erreichbar. Warteschleife. Später ruft er uns an und sagt, er habe seine Versicherung erreicht, aber die Dame käme erst Montag wieder ins System, um den Unfall aufzunehmen. Digitales Deutschland.
Beim mittäglichen Stadtbummel begreife ich, dass Maske auf- und absetzen ziemlich anstrengend ist. Dazu der beschränkte Zugang zu Geschäften und entsprechende, wenn auch kurze Schlangen davor, das alles schont meinen Geldbeutel enorm. In meinen Lieblingsläden nimmt man es dagegen nicht so genau. Entweder mit der Maske oder mit dem Zutritt. Ich probiere Hosen. Aber jede sitzt anders schlecht. Eine Verkäuferin verblüfft mich, denn sie spricht mich mit Tatjana an. Ich weiß gar nicht, dass ich sie schon

kenne. Später kaufe ich im Schuhladen weiße Sneakers. Carsten gefallen sie auch.
Am Abend lerne ich bei einer Facebook-Diskussion von einigen meiner Comedy-Kolleginnen, dass man in Kolumnen Menschen mit anderer Meinung als der eigenen diffamieren, pauschal einer Gruppe zuordnen und beleidigen darf. Kolumne sei Meinung und Meinung darf menschenverachtend sein. Das schockiert mich ein wenig. Vielleicht macht es mir sogar Angst. Ich bin nämlich der Meinung, dass man seine Meinung auch sagen kann, ohne sich über andere zu erheben. Und prompt ertappe ich mich selber dabei. Bodo Wartke hat einen neuen Song in den sozialen Medien veröffentlicht. Ein Lied über den Chefvirologen der Bundesregierung Herrn Drosten. Ich warte über drei Minuten darauf, dass es irgendwann in diesem Comedy-Song einen ironischen Dreh gibt, irgend eine kleine Zweideutigkeit. Kommt nicht. Er meint die Lobhudelei auf Drosten bierernst. Ganz eindeutig. Hinterher geht mir ein anderes Lied vergangener Zeiten nicht mehr aus dem Kopf: „Die Partei, die Partei, die hat immer Recht!" So entstehen Ohrwürmer.
Am späten Abend stellen Carsten und ich fest, dass man bei häufigem Konsum von Filmen und Serien auf Netflix nur noch wenige neue Filme und Serien im öffentlich-rechtlichen Fernsehen anspruchsvoll finden kann. Sie kommen oft ziemlich plakativ und einfach daher. Man merkt ihnen an, dass gespart wird. Trotz regelmäßiger Gebührenerhöhung.

3. Mai 2020

Dieser Sonntag ist sehr langsam. Beim Spaziergang durch den Park setzen wir uns in einen Pavillon am Schloss Charlottenhof und ich lese das sechste Kapitel aus „Alles außer Sex" im Livestream für meine FB-Freunde. Unangekündigt. Die Zuschauer, die dabei sind, bedanken sich hinterher. Das macht mich glücklich. Viele Künstler geben ganze Konzerte im Netz, Theater streamen ihre

Premieren. Dieter Hallervorden zeigt regelmäßig ganze Theaterstücke und Talkshows aus seinem Schlossparktheater, André Hermlin swingt mit seiner Band fast jeden Abend auf Facebook und ich denke dabei oft an die Kapelle beim Untergang der Titanic.

Natürlich vermissen alle Künstler, genau wie ich, die Zusicherung ihres Publikums, dass sie gebraucht werden. Trotzdem finde ich es unmöglich, Kultur zum Nulltarif zu verschleudern. Das entwertet unsere Arbeit. Wie oft haben wir mit Veranstaltern diskutiert, dass man eine Comedy-Vorstellung mit echten Menschen auf der Bühne nicht billiger verkaufen darf als eine Kinokarte. Nicht nur, weil wir von den Einnahmen auch leben und die Kosten für Produktion, Krankenkasse, Urlaub, Anreise usw. bezahlen müssen, sondern vor allem, weil Kultur wertgeschätzt werden muss. Dass das nicht einmal die Politik angemessen einschätzt, zeigt sich in dieser Krise. Freizeitbeschäftigungen, egal ob Restaurant-, Hotel-, Kino- oder Theaterbesuche werden als unwichtige Hobbys wahrgenommen und im Gegensatz zu Profisport, Baumärkten und Kaufhäusern ausschließlich als Möglichkeit der Virenübertragung behandelt.

In den letzten Tagen sehe ich immer mehr Videos von Demonstrationen in verschiedenen Städten. Gegen die Corona-Maßnahmen. Ich like sie fast alle. Wie schon vor etwas über 30 Jahren freue ich mich, wenn die Menschen für ihre und meine Rechte auf die Straße gehen. Traue mich aber selber kaum, mich aus dem Fenster zu lehnen. Mein Widerstand erschöpft sich im „Entfreunden" eines besonders renitenten Corona-Maßnahmen –Befürworters. Seine diffamierenden, anders Denkende verletzenden und pauschal für blöd erklärenden Posts fand ich so widerlich, dass ich diesen Schritt gehen musste. Dieser „Freund" ist Journalist. Also in meinen Augen ein Mensch mit einer besonderen Verantwortung. Genau solche Menschen fördern meine Angst, meine Meinung zur Corona-Krise

öffentlich zu verkünden. Nicht seine Meinung, die Maßnahmen der Politik uneingeschränkt unterstützen zu müssen, sondern sein rigoroses, selbstverliebtes, sich über andere stellendes Vorgehen gegen Andersmeinende lässt mich verwirrt und ängstlich zurück.
Aber die Mehrheit meine FB-Freunde sind mitfühlend und empathisch. Natürlich auch die, die mit den gleichen Problemen zu kämpfen haben, wie Carsten und ich. Zwei bis drei kleine private Theatermacher und Kulturenthusiasten melden sich bei uns. Bieten, selber kurz vor einer Insolvenz stehend, Hilfe an. Die zu Herzen gehenden Mails werden nachts gegen 2.30 Uhr abgeschickt. Schlaflos in KW. Andere schicken uns lustige Filme, selbstproduziert, fast täglich. Und aus dem Theater Döbeln erreicht mich eine Mail der wichtigsten Frau des Hauses. Sie ist verantwortlich für den Kartenverkauf. Gabi schreibt, sie denke an mich, sendet gute Wünsche und fragt, wie es geht.
Ich kannte Gabi nicht persönlich, wusste nichts von ihrer Arbeit am wunderschönen Döbelner Theater als ich 2017 zu meinem ersten Engagement dort anreiste.
So habe ich das damals erlebt und aufgeschrieben:
Wenn ich zum ersten Mal in einer Stadt engagiert werde, bin ich immer besonders aufgeregt. Ich kenne die Örtlichkeiten nicht, weiß nicht, wie gut die Technik im Haus funktioniert, frage mich, ob das Publikum mich mögen wird und weiß, dass ich immer Sorge habe, dass die Zuschauer mit meinem Thema- weil sie mich eben noch nicht kennen- nicht zurechtkommen, vielleicht sogar empört sind. Was mich am meisten verunsichert ist, dass die Häuser beim ersten Mal meist nicht ausverkauft sind. Warum sollten die Menschen auch scharenweise in meine Veranstaltung kommen, wenn sie gar nicht genau wissen, was sie erwartet?
All diese Gedanken schwirrten mir auch durch den Kopf, als ich gestern zum ersten Mal mit meiner Comedy „Du willst es doch auch" nach Döbeln reiste.
Das Mittelsächsische Theater Döbeln ist ein wirklich

niedliches, kuscheliges und ausgesprochen schönes altes Theater mit einem erst kürzlich fertiggestellten neuen Anbau, der sich trotz seiner Modernität gut in das Ensemble einfügt, gebaut für Garderoben und Lastenaufzug zur Bühne. Wir wurden vom Inspizienten freundlich empfangen. Er erzählte uns gleich, dass das Theater ausverkauft sei und man diese Vorstellung auch zweimal hätte verkaufen können. Ich wunderte und freute mich.
Beim Aufbau meiner Requisiten bat mich Bambi, der Lichttechniker, meinen Tisch in der Mitte der Bühne zu platzieren, damit auch die Zuschauer in der zweiten und dritten Reihe des Ranges- die sonst wegen Sichtbehinderungen nie verkauft werden- etwas sehen können. Dann begrüßte mich Myriel, die erste Tontechnikerin meiner dreißigjährigen Bühnenlaufbahn. Die Programmierung der Lichtsequenzen und der Soundcheck verliefen schnell, professionell und unaufgeregt. Das sind immer die besten Voraussetzungen für eine gute Show.
Im Wandelgang des Theaters fiel mir ein weiterer Stein vom Herzen, was meine Show-Thematik betraf: Hier hing eine Ausstellung von Karikaturen unter dem Motto: „Lächerlich! Liebe, Lust und andere Katastrophen“ – wie für mich gemacht. Meine Lieblingskarikatur zeigte zwei Pärchen im Theater, einer der Beteiligten sagt: „Wir gehen selten ins Theater. Meist vögeln wir zuhause auf dem Sofa!“
In der mir zugewiesenen geräumigen Garderobe erwartete mich ein Foto von Dirk Michaelis, welches er an den Handtuchhalter neben dem Waschbecken geklebt hatte. Wir bekamen Kaffee, Wiener und belegte Brötchen, die wir uns am Tresen im Foyer aussuchen durften.
Ich schminkte mich, blickte dabei in den Spiegel und konnte mein Glück noch gar nicht fassen, als plötzlich eine aufgeregte Frau vor mir stand. Sie nahm mich fest in ihre Arme und freute sich augenscheinlich. Ich war ganz gerührt. Es war Gabi, eine meiner Newsletter - Empfängerinnen, auf deren Bitte hin ich eine Geburtstagsmail zum 30. ihrer

Schwiegertochter geschrieben hatte. Gesehen und gesprochen hatten wir uns bisher noch nicht. Gabi ist seit vielen Jahren Angestellte des Theaters, wie sie mir berichtete, und im Kartenverkauf tätig. Sie hatte der Theaterleitung erzählt, wie toll ich sei, woraufhin es nach unserer Bewerbung zu meinem Engagement kam. Natürlich hatte auch Gabi Sorge, dass mein Gastspiel keine Leute ziehen könnte und setzte zusammen mit ihren Kolleginnen alle Hebel in Bewegung, um die Döbelner zu mir ins Theater zu holen. Großartig.
Und ich gab alles! Die Zuschauer aber auch. Sie empfingen mich enthusiastisch, spielten mit mir, lachten, klatschten und jubelten.
Ich war und bin schockverliebt! In das Theater, seine Gäste und die Mitarbeiter. Danke Döbeln! Und ganz lieben Dank, Gabi!

4. Mai 2020

Für mich ist dieser 4. Mai ein schöner, unaufgeregter Tag. Schön ist er, weil ich normale Dinge erledigen kann: Den Steuermonat abschließen, meine Texte umschreiben, neue Monologe und Lieder von verschiedenen Autoren für Bella lesen. Er ist sicher auch schön, weil ich Facebook heute links liegen lasse und mich kein Sonnenstrahl vom Schreibtisch auf den Balkon lockt. Es regnet den ganzen Tag. Mittags kommt der Gutachter wegen unseres Parkschadens am Auto. Er entdeckt Beulen am Kotflügel und kommt dann in meine Küche wegen der Unterlagen. Er redet und redet und redet. Über Urlaubserlebnisse, was er sonst so macht. Carsten und ich räumen bereits die Kaffeetassen ab, bleiben danach stehen, warten. Erst dann geht er wieder.
Am Abend kocht mein Liebster ein sensationelles Menü. Die Vorbereitungen laufen schon seit zwei Tagen. Unsere Gäste haben sich heute vor sieben Jahre zum ersten Mal per E-Mail ausgetauscht. Sie trafen sich auf einer Internet-Single-Plattform. In hohem Alter, fast schon Rentner. Dabei war

SIE gar nicht auf der Suche. Ihre Kinder hatten ihr ungefragt und heimlich ein Profil angelegt. ER suchte schon geraume Zeit. Bestimmt seit 1997. Da lernten wir uns nämlich kennen. Ich war Moderatorin einer Telefon-Kuppelshow bei TV-Berlin. Er schickte lustige Fax-Nachrichten in die Sendung. Manchmal las ich sie vor, grüßte ihn. Später schickte er mir redaktionelle Ideen. Manchmal schriftlich, manchmal in Form von Selbstgebasteltem. Bis heute erzählt er gern von seinem schwäbischen Adventskranz, den ich in der Weihnachtszeit auch immer auf meinem Moderationstisch zu stehen hatte. Dieser Sparsamkeitskranz bestand aus einer Kerze und Spiegeln, die daraus 2-4 Kerzen zaubern konnten. Und irgendwann hat er mir gezeigt, dass es Restaurants mit gutem Essen gibt. Uns verbindet eine langjährige Restaurant-Freundschaft. Seit ein paar Jahren treffen wir uns in größerer Gruppe alljährlich zum Spargelessen in Beelitz und zum Gänsebraten in der Weihnachtszeit. Seine Lebensgefährtin lernte ich bei so einer Gelegenheit kennen. Es dauerte einige Zeit, bis wir ausführlicher miteinander sprachen. Heute erfahre ich viel über ihr ganz besonderes Leben, über die verschlungenen Wege der Liebe, ihre Arbeit als Ärztin, Schicksalsschläge. Wir essen, trinken Sprudelwasser und lachen sehr viel. An uns verdienen die Alkoholhersteller auch in der Corona-Krise nichts. Trotz unterschiedlicher, nämlich Ost- und Westsozialisation einen uns ähnliche Lebenserfahrungen, gemeinsame Erlebnisse und die Sichtweise auf Viren. Erst nach sechs Stunden geht der unterhaltsame und sehr interessante Abend zu Ende.
Carsten und ich lernten uns 2006 ebenfalls im Internet kennen. Die absurden, lustigen, langweiligen und aufregenden Erlebnisse bei meiner Männersuche führten dazu, dass ich darüber unbedingt ein Buch schreiben wollte. Es erschien 2008 im Eulenspiegelverlag. Ich habe es selber geschrieben, natürlich. Dass es Ghostwriter gibt, also professionelle Autoren, die für andere deren Geschichten und Erlebnisse zu Papier bringen, erfuhr ich 2015, weil ich

bei der Party eines Literaturbüros eine Frau kennenlernte, die im Auftrag verschiedener Verlage schon für etliche Prominente deren Biografie geschrieben hatte. Dass es aber auch Ghostwriter für nach Liebe suchende Singles im Internet gibt, erfuhr ich erst bei einer Talksendung im Fernsehen.
Ich wurde dazu eingeladen, weil man mir nach meinem ersten Roman zutraute, dass ich mit meinen im Internet erworbenen Kompetenzen die zum Thema passende Fernseh-Talkshow bereichern könnte.
In dieser Talkshow waren außer mir auch ein Paartherapeut, die Betreiberin eines Singlebörsenvergleichsportals und der Chef eine Ghostwriter-Single-Agentur eingeladen. Da mir jegliche Vorstellung fehlte, wie so etwas funktionieren könnte, fragte ich ihn hinter den Kulissen aus und erfuhr Erstaunliches.
Während es vor der Zeit der Internetpartnersuche immer Mitmenschen gab, die ein Leben lang unverheiratet, etliche sogar jungfräulich blieben, weil sie entweder zu verklemmt, zu hässlich oder extrem unsympathisch waren, gibt es für diese Spezies, vorausgesetzt, sie sind Willens und in der Lage, dafür Geld auszugeben, das Rundum-Sorglos Paket in Sachen Partnersuche. Angeboten von einschlägigen Agenturen. Nicht, dass ich das despektierlich oder gar unangemessen fände. Nie und nimmer. Ich glaube fest daran, dass es für jeden Topf einen Deckel gibt, für jeden Menschen sogar mehrere passende Partner. Lediglich das Finden scheint mir ein Problem.
Nimmt man so eine Agentur in Anspruch, kann man sich nach einem Vorstellungsgespräch und der Angabe seiner Wünsche sofort wieder in seinen normalen Alltag stürzen. Die Agentur erstellt derweil ein Profil auf der passenden Single-Plattform, erdenkt Texte und Antworten auf die dort gestellten Fragen, die ein möglichst positives Bild des zu Vermittelnden abgeben sollen. Es wird darauf geachtet, dass keine Unwahrheiten verbreitet, sondern Unzulänglichkeiten

verschwiegen oder umschrieben werden. Mit anderen Worten: Der Klient wird nicht so ehrlich wie möglich, sondern so ehrlich wie nötig beschrieben.
Oftmals wird ein Fotograf engagiert, um rein äußerlich das Beste aus den Bewerbern herauszuholen. Da werden zu große Nasen und Augenringe weggeleuchtet und Anzug- oder wahlweise Bauchträger in spritzig wirkende und schlankmachende Outdoor –Klamotten gesteckt. Nun erfuhr ich aus erster Hand, dass es sich bei den Klienten der Ghostwriter-Agentur um überwiegend sehr gebildete, nicht selten mit einer Professur ausgestattete und hochintelligente Menschen handelte, für die zudem das Wort Geldmangel aus ihrem privaten Wortschatz gestrichen werden konnte.
So suchte ein ziemlich alter, verwitweter Professor eine extrem gutaussehende, sehr junge Frau mit einer Vorliebe für teuren Schmuck und Fernreisen. Auf die Frage des Agenten, ob die gewünschte Partnerin nicht vielleicht doch eine bestimmte Reife und Lebenserfahrung für eine anspruchsvolle Kommunikation mitbringen sollte, lehnte der greise Professor dieses Ansinnen rundheraus ab. Er wolle nicht reden, sondern sexuell verwöhnt werden. Ich weiß nicht, ob er fündig wurde, nehme es aber an. Die Erfolgsquote solcher Agenturen sei sehr hoch, beteuerte der Agenturinhaber. Das verwirrte mich außerordentlich.
Eines Tages meldete sich in der Agentur ein besonders auffallender Klient. Der Dreißigjährige arbeitete als Wissenschaftler in einem Forschungsinstitut und besaß einen außerordentlich hohen IQ. Ihm fehlten zwar sämtliche Erfahrungen mit dem anderen Geschlecht, mit sich selbst, dem Leben und der Zweisamkeit, aber er war jung und sehr gebildet. Ansonsten wirkte er wie Sheldon Cooper aus der Serie Big Bang Theorie: menschenscheu, geschmacklos gekleidet und ein wenig arrogant. Das Einzige, was ihn vom Serien- Sheldon unterschied, waren Körperbau und Gesicht. Er war weder schlank noch hübsch. Dieser Sheldon suchte nun nach einer intelligenten Frau, zwischen 20 und 30,

möglichst Tierärztin und schön wie ein Model. Sie sollte lange braune Haare, extrem lange Beine, einen IQ von mindestens 140 haben und ihr Leben der Wissenschaft und ihm widmen wollen. Diese Aufgabe ging der Agenturchef mit viel Enthusiasmus an. Er organisierte einen Fototermin mit Sheldon, schrieb ein spritziges und intelligentes Profil, formulierte beeindruckende Nachrichten an etliche Damen einer Elite-Plattform und investierte viel Zeit in den E-Mail-Austausch mit jenen, die auf seine Avancen reagiert hatten. Nach vielen Stunden Arbeit, etlichen Monaten des Wartens, Interagierens und des Ausdiskutierens von Kompromissen, erklärte sich endlich eine Dame bereit, sich mit Sheldon zu treffen. Der Agenturchef setzte seinen Klienten daraufhin über alles in Kenntnis, was er über die Interessentin wissen sollte und erklärte nicht ohne Stolz, dass die potentielle Partnerin alle Anforderungen erfüllte, die Sheldon gewünscht hatte. Außer einer: Sie wollte gern eine Familie gründen, also Kinder bekommen, was Sheldon eigentlich als Ausschlusskriterium angegeben hatte. „Bitte Sheldon", versuchte der vom vielen Suchen genervte Agenturchef seinen Klienten zu motivieren, „Treffen sie sich trotzdem mit der Frau. Bitte! Nach meinen Erfahrungen, ist das Kinderproblem am Anfang einer Beziehung nicht akut. Wenn Sie sich erst besser kennen und lieben lernen, könnte es doch sein, dass einer von Ihnen beiden seine Meinung ändert!"
Sheldon war einverstanden. In Vorbereitung auf sein erstes Date suchte ein Agenturmitarbeiter für ihn ein passendes und schmeichelndes Outfit zusammen, die Eckdaten der jungen Frau wurden noch einmal durchgesprochen und Sheldon erschien pünktlich und gut vorbereitet in dem vereinbarten Café.
Leider war der ganze Aufwand umsonst. Nach einem Telefonat mit dem Klienten und einer wütenden E-Mail der potentiellen Partnerin konnte der Ablauf des Treffens folgendermaßen rekonstruiert werden:

Einer aufgeregten Begrüßung mit Handschlag zwischen Sheldon und seinem Opfer folgte die Bestellung von zwei Tassen Kaffee und peinlichem Schweigen. Sheldon schaute, statt in ihr erwartungsvoll lächelndes Gesicht, an ein Bild an der gegenüberliegenden Wand und äußerte den ersten vollständigen Satz an die einzige Frau im weltweiten Netz, die sich für ihn interessiert hatte, erst nach mehrmaligem Räuspern, einigen „Ähs" und sich auf dem Kaffeehausstuhl windend in Form einer Frage: „Willst du Kinder?"
Als sie die Frage enthusiastisch bejahte, stand Sheldon auf, sagte: „Dann wird das nichts mit uns!", und verließ das Lokal.

5. Mai 2020

Strahlender Sonnenschein auf dem Balkon. Ich empfange die erste Whats-App-Nachricht des Tages von Carsten. „Alles Gute zum Geburtstag. Wir fahren vom 1. bis 4. Juni nach Zingst!", und freue mich. Carsten auch. Ich glaube, es bedrückte ihn, mir das vorgesehene Geschenk nicht zum Geburtstag überreichen zu können. Aber heute ist es soweit. Meckpom öffnet ab Pfingsten wieder seine Hotels für Urlauber. Mit Einschränkungen und nur 60 % Auslastung. Vielleicht schaffe ich bis dahin, das blöde Fett an meinem Bauch wieder wegzukriegen. Zwei Kilo mehr sind bei Menschen meiner Statur leider sehr sichtbar und in meinem Alter hängen sie auch noch. Die Schwerkraft und das nachlassende Bindegewebe haben meine tote Katze wachsen lassen. Aber heute kommt meine treue Trainerin. Ich bin hoffnungsfroh.
Am Nachmittag esse ich ein dickes Stück Erdbeertorte mit Sahne. Meine Lehrerin-Freundin hat Geburtstag. Eigentlich dachte ich, ich treffe sie und ihren Mann allein, wir trinken Kaffee, quatschen und gut. So wie bei meinem Geburtstag. Falsch gedacht. Der Garten ist familiengefüllt. Unsere Töchter gingen gemeinsam zur Schule. Ihren Sohn kenne ich, seit er auf der Welt ist. Unsere Freundschaft ist sehr familiär und alt, obwohl sie auch schon einige Krisen

verkraften musste.
Männerkrisen. Vor fast 30 Jahren, ihr Sohn war vielleicht 2 oder 3 Jahre alt, wollte ich sie von ihrer Männerkrise ablenken. Ich arbeitete bereits beim Potsdamer Kabarett und ein Kollege bot mir an, ein paar Tage in seinem Wochenend- und Urlaubshaus im holländischen Groningen zu verbringen. Also fuhren das heutige Geburtstagskind, der kleine Sohn und ich an einem kalten Januartag in meinem grünen Twingo Richtung Holland. Stundenlang, wechselten uns beim Fahren ab. Sie setzte bei unserer Ankunft den Twingo rückwärts gegen einen Betonpfeiler. Damals haben wir solche Kollateralschäden nicht weiter beachtet. Wir waren jung. So alt, wie ihr Sohn heute. Es war dunkel, extrem kalt und schon ziemlich spät, als wir ankamen. Trotzdem fanden wir den Schlüssel des Hauses im angegebenen Versteck. Bevor wir das Kind ins Bett bringen und uns um die Herrichtung unseres Bettes kümmern konnten, musste ich auf die Toilette. Schnell. Die Klobrille war von Eiskristallen überzogen. Mein Urin sprengte die Porzellanschüssel und floss direkt auf den Toilettenboden. Wir waren fassungslos, aber unbeschwert. Lachten. Als das Kind schlief, wir in einem Zimmer den Heizkörper endlich mit Kohleanzünder an der Gasflamme in Gang gebracht hatten – wir waren eben nicht nur jung, sondern auch ziemlich doof - kochten wir uns einen Tee. Nahmen ihn mit auf unsere Matratze im Wohnzimmer und als wir uns, mit voller Bekleidung und Winterjacke in unsere Schlafsäcke gerollt hatten, war der Tee in unseren Tassen schon wieder kalt. Am nächsten Morgen reisten mein Kollege und meine Schwester an. Die Toilette war schnell repariert, die Heizungen liefen problemlos. Wir werden diesen Kurzurlaub nie vergessen. Nicht nur wegen der Kälte, der zugefrorenen Grachten, auf denen wir Schlittschuh liefen, der Robbenfarm und des ersten Panneköken-Schiffes meines Lebens, auch wegen der zwei ausgesprochen lustigen Abende mit Geschichten aus dem Leben. Der Kollege berichtete von

seiner Armeezeit beim Erich-Weinert Ensemble. Da sang er mit einer Pferdeschwanz-Frau auf der Bühne. Als sie einen langen hohen Ton singen musste, zog er hinten an ihrem langen Zopf, bis sie den Ton an die Bühnendecke schmetterte und nichts dagegen tun konnte. Meine Freundin und ich lachten noch darüber, als wir in unseren Matratzen bereits auf Schlaf warteten.
Diese Geschichte erzählen wir heute nicht am Geburtstagstisch. Wir erinnern uns an unseren ersten Besuch auf der Reeperbahn. Das war kurz nach der Währungsreform 1990. Als uns ein Einlasser mit der Ankündigung des „langschwänzigen Männerballetts“ in eine ziemlich schlechte Erotikshow lockte. Man, ist das lange her. Jetzt sind wir Omas. Sie von einem ganz süßen Fünfjährigen, ich von einem holländischen Enkelhund. Da schließt sich der Kreis. Übrigens: Beide Enkel sind Trennungskinder, ihre Eltern teilen sich das Sorgerecht.

6. Mai 2020

Carsten hat vor zwei Tagen eine Telefonnummer der Lufthansa im Netz gefunden und telefoniert. Und es so gemacht, wie die größte deutsche Fluglinie seit Tagen selber agiert: Er jammerte. Über unsere Nulleinnahme –Situation als Künstler, den Nachholbedarf im Anschluss an die Krise, der jeden Gedanken an Urlaub verbietet. Natürlich schlug man ihm zuerst Gutschein oder neuen Termin vor. Weil man musste. Aber die Frau am Telefon war sehr freundlich und hatte Verständnis. Wir bekommen das Geld zurück. Sie wusste nur nicht wann. Es könne dauern.
Ich schaue auf mein Konto. Im Gegensatz zur Lufthansa haben AirBnB und die Universal-Studios in LA überwiesen. Ich freue mich sehr. Nein, sehrsehr. Es ist, als ob die Krise mich bei eigentlich klarer rechtlicher Grundlage dankbarer werden lässt.
Bella kommt. Einfach so. Kaffee mit Mandelmilch und quatschen. Über ihre Comedy-Show. Ich werde die Regie

übernehmen, fühle mich aber mehr als Mentor. Es ist schön, meine über Jahre gesammelten Erfahrungen auf und neben der Bühne weitergeben zu können. Wir wissen zwar nicht, was passiert, tun aber so, als hätte Bella im September Premiere und wir würden bis dahin alles schaffen.

Nach Carstens erstem Corona-Friseurtermin, in dessen Folge seine Haare viel kürzer wirken, als sie jemals waren, und mich der Gedanke beschleicht, dass auch Friseure bei großem Andrang vorarbeiten, starten wir endlich zu unserer Wanderung, die wir schon seit Sonntag auf dem Plan haben. Das Wetter ist tatsächlich viel besser und trockener als am Wochenende. Die Sonne scheint, der kalte Ostwind lässt es im Schatten allerdings ungemütlich werden. Vorsichthalber trage ich im Rucksack nicht nur Schnittchen und Wasser mit mir rum, sondern auch Regencapes, Schal und Mütze. Immerhin ist die Wanderstrecke der 7-Seen-Tour im Nuthe-Urstromtal mit 12 km angegeben.

Angekommen in Rieben, einem wunderbaren, sehr gepflegten, fast pittoreskem Ort, entscheiden wir uns doch für die 5-km-Tour um den Riebener See. Meine tote Katze hat gegen meinen inneren Schweinehund verloren. Er ist einfach lebendiger.

Wie wunderbar diese Landschaft uns empfängt! Mit Kieferduft, Sonne, weiten Feldern, Wiesen. Wir treffen keine Menschen, dafür aber einen Buntspecht, einen Stieglitz, Reiher, Schwäne und Pferde. Wunderschöne Pony-Pferde. Ich zerkleinere ihnen meinen mitgebrachten Apfel mit den Zähnen. Sie überwinden ihre Skepsis und drängeln sich am Zaun der Koppel. Weil ich mich sofort in diese hübschen Tiere verliebt habe, sollen sie mein Publikum sein. Ich lese im Gras sitzend, vor ihrem Zaun, in der Sonne den siebten Teil aus meinem Roman „Alles außer Sex", live für meine FB-Freunde. Meine neuen Pony-Freundinnen bleiben hinter mir stehen, erwartungsvoll. Dann wiehert eine den ersten Applaus. Nach wenigen Minuten lässt sich das erste Pony ins Gras fallen. Etwas später kackt das nächste einen

riesen Haufen direkt hinter mir auf die Koppel. Die anderen werden abgelenkt und schnüffeln daran herum. Nach nur zwei gelesenen Seiten wendet sich die gesamte Herde ab und trabt Richtung Horizont davon. Ich bin wohl aus der Übung und sollte an meiner Performance arbeiten.
Seidem die Kanzlerin heute genervt aufgab, aus dem Mutti-Modus ausstieg und den Länderchefs die Entscheidungen zur Lockerung der Corona-Maßnahmen überließ, herrscht Chaos. Für Frau Merkel sind die Konferenzen mit den Ministerpräsidenten wahrscheinlich wie Homeschooling. Irgendwann gibt jeder Erziehungsberechtigte auf. Mangels Durchsetzungsvermögens und aufgrund föderaler Strukturen im geeinten Deutschland sind einige Länderchefs vorgeprescht und haben angekündigt, dass kleinere Veranstaltungen bald stattfinden können. Alles andere ist für die meisten Bürger nach der aus finanziellen Gründen ausgesprochenen Erlaubnis von Geisterspielen bei der Bundesliga schwer vermittelbar. Aber in Brandenburg und Berlin bleibt es beim Kultur-Thema still. Wahrscheinlich dürfen wir hier erst auf die Bühne, wenn auch die Puffs wieder offiziell öffnen dürfen. Gleichstellung für alle, die „es“ überall machen.
Carsten, der meinen Tatjana-Meissner-FB-Account betreut, hat einen wunderbaren Text zum Berufsverbot bei uns Künstlern verfasst. Wir veröffentlichen ihn am Abend. Er wird sehr oft geteilt.

Ihr fehlt mir!
Gerne würde ich von meinen Auftritten erzählen, von neuen Projekten berichten aber... nix! Und je mehr ich darüber nachdenke, was ich jetzt schreiben soll, umso mehr ertappe ich mich und mein schlechtes Gewissen schlägt wieder zu.
Darf ich mich über die derzeitige Situation aufregen und beschweren? Darf ich den schönen Momenten auf der Bühne und mit euch nachtrauen?
Gerade jetzt, wo so viele Menschen noch viel härter von den

Auswirkungen betroffen sind und viele andere jeden Tag hart arbeiten müssen, damit es halbwegs geregelt läuft...
Ich darf! Das ist nicht egoistisch, das ist menschlich!
Keine Panik, mir geht es gut und natürlich hoffe ich, dass bei euch auch alles in Ordnung ist. Ich wünsche mir trotzdem, bald wieder in lachende Gesichter sehen zu können, Theaterlust zu spüren und mich aufregen zu können, wieder mal im Stau zu stehen. So ganz normal, so wie „früher", ihr erinnert euch?
Ich gehöre in Deutschland zu den „mittelgroßen" Künstlern, also zu denen, die Häuser mit 100 – 500 Zuschauern bespielen. Das hört sich vielleicht nicht viel an, ich möchte Euch aber trotzdem mal aufzählen, wer alles daran beteiligt ist, damit meine Shows auf die Bühne kommen. Und diese Berufsgruppen sind alle von der Situation betroffen! Und um diese mache ich mir mehr Sorgen! Deshalb ist es wichtig, dass wir bald wieder arbeiten dürfen. Und wenn ihr dann eine Eintrittskarte kauft, dann bezahlt ihr damit nicht nur mich und zwei Stunden Unterhaltung, sondern viel mehr.
Damit Ihr mal eine Vorstellung habt, was mit eurer Hilfe alles bezahlt wird, hier eine Zusammenfassung. Zuerst die Produktion des Stücks, egal ob Theater, Kabarett oder Comedy.
Eine Comedy-Show, wie „Es war nicht alles Sex" kostet, bevor sie zum ersten Mal aufgeführt wird, ca. 15 Tsd. Euro. Die Entwicklung dauert ca. 2 Jahre und diese Gewerke sind daran beteiligt:
Kostümbildner
Texter/Autoren
Komponisten
Musiker
Musikstudio Inhaber
Grafiker
Choreograph
Fotograf
Management/Agentur/Bookingagentur
Druckerei
Und natürlich der/die Künstler
Wenn die Show „fertig" ist, muss sie natürlich auch verkauft und beworben werden.

Daran sind diese Gewerke beteiligt:
Künstlerisches Betriebsbüro
Mitarbeiter der Öffentlichkeitsarbeit
Agentur
Werbedienstleister
Flyerverteiler
Plakatkleber
Mitarbeiter in den VVK-Stellen
Mitarbeiter der Theaterkassen
Onlineticket-Unternehmen

Dann steht der Termin und jetzt geht's bald los zum Auftritt, doch dazu braucht man Unterstützung für die Durchführung der Show:
Technisches Personal
Tontechniker
Lichttechniker
Veranstaltungstechnik Verleiher
Bühnenmitarbeiter
Feuerwehr
Security
Einlasser
Garderoben Personal
Saal Chef / Abenddienst
Mitarbeiter des Catering
Mitarbeiter der Gastronomie für die Versorgung der Gäste
Reinigungsunternehmen
Pressemitarbeiter

Ich hoffe, ich habe keinen vergessen...

Doch, die Mitarbeiter der Hotelbranche (für die Übernachtung), Kfz-Werkstätten, Tankstellen usw.
Und zu guter Letzt noch ganz wesentliche Organisationen, die für das Allgemeinwohl bestimmt sind...
Das Finanzamt. Auf jede Eintrittskarte wird Umsatzsteuer abgeführt, alle Einnahmen werden versteuert.

Die GEMA: An die Gesellschaft für musikalische Aufführungs- und mechanische Vervielfältigungsrechte werden je nach Größe und Zuschauerzahl Beiträge für die gespielte Musik abgeführt
KSK: An die Künstlersozialkasse werden prozentual Beiträge für die Gagen abgeführt.

Und natürlich kostet die Unterhaltung eines Theaters, Kulturhauses, eigentlich jeder kultureller Einrichtung Geld. Es müssen Mieten, Nebenkosten, Technik, Personal und Versicherungen bezahlt werden. Jeden Monat.
Und alle Beteiligten sind mit Herzblut, Liebe und Engagement dabei. Wenn wir wieder dürfen!
Also denkt bitte daran, wenn Ihr das nächste Mal eine Eintrittskarte kauft, diese Menschen sind Euch alle dankbar!

7. Mai 2020

Der Tag fühlt sich an, als würde nichts Spannendes passieren. Eigentlich war Sonne versprochen, aber der Vormittag gestaltet sich wolkenverhangen und trübsinnig. Darum will ich singen. Lieder aus meiner Show zum Fröhlichwerden und Stimmbandtraining. Ich habe gerade mein Abspielgerät in den Startmodus versetzt, da kommt Carsten mit Neuigkeiten aus Sachsen auf den Balkon. Kulturveranstaltungen dürfen dort nur stattfinden, wenn alle Besucher einen Corona-Schnelltest über sich ergehen lassen, dazu Registrierungen, Abstandsregelungen, Mundschutz und weitere Verhütungsmaßnahmen, die alle vom Veranstalter zu finanzieren sind. Das kommt einem Veranstaltungsverbot gleich. Wogegen für Kirchen und Gaststätten die Abstandsregel ausreicht. Wer soll das verstehen? Meine Trainingsmotivation versiegt, ich ergebe mich der Schlechtwetterstimmung und lege mich auf mein Küchensofa. Unter Zuhilfenahme einer Krimidoku, versetze ich mich sofort in erholsamen Tiefschlaf.
Dann lese ich „Das große Los“ von Meike Winnemuth, erfreue mich an Fernweh und der Vorstellung, wie wir unsere

Langzeitreise im nächsten Jahr gestalten werden. Meine Weltreise, die ich mir seit Jahren wünsche, für die ich schon sehr lange spare. Ich sehe mich durch die Straßen New Yorks schlendern, in LA die Universal-Studios besuchen und wie die Autorin 14 Tage am Strand von Hawaii chillen. Aber noch steht nichts fest. Jeder neue Reiseratgeber, jedes Virus kann meine Pläne wieder verändern. Aber davon zu träumen, das macht mir Spaß.
Und dann wird der gemächlich vor sich hin wabernde Tag plötzlich ununterbrochen unterhaltsam. Zuerst Kaffee auf dem Balkon mit Kosmetikerin und Coronathemen, Reki und Gesichtscreme, die mir mitgebracht wurde. So eine, die schon allein wegen des Preises für eine glatte und gepflegte Haut sorgt. Seit 20 Jahren bin ich bereits ihre Kundin, habe mich davon 18 Jahre vehement gegen diese teure Creme gewehrt, später wurde ich schwach und jetzt kann ich nicht mehr ohne sie. Zwischendurch versuche ich immer mal eine billige, mittelteure oder Florena, bin enttäuscht und entscheide mich wieder für die teure.
Die Kosmetikerin geht, die Regisseurin kommt. Sie ist mittlerweile Rentnerin. Mit ihrem Sohn verbindet mich eine kurze Liaison und danach eine jahrelange Freundschaft. Mit ihm und seiner Mutter. Sie kauft mir einen meiner Romane ab, will ihn auf keinen Fall geschenkt. Wieder Kaffee auf dem Balkon und Gespräche. Dazu scheint die Sonne und die Welt ist wunderbar.

8. Mai 2020

Am 8. Mai 1945 endete der 2. Weltkrieg. Am 8. Mai 1886 verkaufte ein Drogist in Atlanta für fünf Cent pro Glas erstmals ein von ihm entwickeltes Mittel gegen Kopfschmerzen und Müdigkeit, das später als Coca-Cola bekannt wird. Am 8. Mai 1970 wird das letzte Beatles -Album "Let it be" veröffentlicht und am 8.Mai 2014 konnte ich mein Kostüm für die damals neue Show „Sexuelle Evolution" bei meiner Lieblings-Kostümschneiderin Anja v. Lenski

abholen! Daran erinnert mich Facebook am frühen Morgen. Ich sehe es nur, weil die Zeitung nicht rechtzeitig im Kasten steckte. Wahrscheinlich denken die Mitarbeiter der PNN, auch in Brandenburg wäre heute ein Feiertag. Dabei hat nur das Land Berlin beschlossen, den 75. Jahrestag der Befreiung vom Hitlerfaschismus zum Feiertag zu küren. Dank Corona ohne Feier. Dafür gestattet Stuttgart eine Demo mit 10 000 Menschen. Wegen des Grundgesetzes.
Carsten sagt, es sei ja nur für den Kreislauf. Also laufen wir los Richtung Boulevard. Die Familie Grün wird wieder aufgestellt. Nachdem ihre Vorfahren von Vandalen zerstört wurden, stehen jetzt wieder Vater-Mutter-Kind aus Keramik, von einer neuen Künstlerin nach den alten Vorlagen nachgestaltet am Rand der Einkaufsstraße und beobachten das Getümmel. Würden jetzt noch Tische und Stühle vor den Cafés und Restaurants stehen, würde den Dreien gar nicht auffallen, dass es Corona-Beschränkungen gibt. Obwohl kaum ein Mensch auf der Straße Mundschutz trägt, spüren Carsten und ich diese Einschränkungen, die uns davon abhalten, eine zumindest moderate Shoppingslust zu entwickeln. Es ist erst 14 Uhr und der Würstchenverkäufer auf dem Bassinplatz baut schon ab. Wir schlendern weiter zum Bäcker, holen uns Kaffee und ein Mozzarellabrötchen, setzen uns auf eine Bank. Genießen. Auch die Sonne. Tische und Stühle vor dem Bäcker sind noch nicht erlaubt. Mein Kreislauf bleibt träge bis zum abendlichen Krimi. Und auch danach.

9. Mai 2020

Folien auf den Sesseln, Folien zwischen den Sesseln und Waschbecken, Folien an den Mitarbeitern, Folien um die Kunden gewickelt. Dazu lange Listen mit persönlichen Daten aller, die den Laden betreten, zu unterschreibende Datenschutzzettel und Mundschutz. Ein Platz, der FFF-Demonstranten Schnappatmung bescheren würde. Die Stimmung bei meinem ersten Friseurbesuch in der Krise ist

prächtig. Vielleicht auch galgenhumorig, weil alles absurd anmutet. Eine Kundin schenkt Eierlikör aus. Das hebt die Laune. Corona-Party beim Friseur. Wir sprechen lauter durch die Masken. Soll nicht gut sein, ist aber so. Weil unter den Friseurinnen und ihren Kunden auch einige an Corona erkrankt waren, erfahre ich von den unabgestimmten Corona-Tests, vom Nichttesten nach Ausbleiben von Symptomen, von Quarantänen ohne Test, von Kontrollen durch das Gesundheitsamt per Telefon und persönlich, wenn Nachbarn petzen. Dann sogar in Begleitung des Ordnungsamtes. Die Symptome der betroffenen Haarkünstlerinnen waren so unterschiedlich wie die Symptome von Grippe und Mumps.
Ich stelle fest, dass wir uns bei der Unterhaltung über kleine Vergehen gegen die Verordnungen genauso verhalten, wie vor über 30 Jahren. Gesenkte Stimme, schneller Blick nach links und rechts, Sätze ein wenig codiert. "Zu dem Thema vorhin..." So werden konspirative Gespräche begonnen. Man beichtet eigene kleine Fehltritte, der Gesprächspartner zieht nach. Immer hin und her. Ohne Herzklopfen, es fühlt sich normal an. Unsere ostdeutsche Sozialisation scheint genetisch verankert.
Meine Haare werden wieder blond. Eine Weile hatte ich gedacht, ich müsse gar nicht so oft zum Friseur, aber nach dem Haarschnitt fühle ich mich gut, wie lange nicht. Außerdem sehe ich wieder ordentlich aus. Auch auf den Straßen begegnen uns seit dieser Woche immer mehr ordentlich frisierte Menschen. Früher ist mir das gar nicht aufgefallen. Carsten holt mich ab, wir gehen an die Havel, holen uns vorher einen Eiskaffee an der Strandbar. Ein entfernter Bekannter setzt sich zu uns in die Sonne und redet. Wir beobachten unzählige Boote, die plötzlich wieder den Fluss bevölkern. Auf dem Heimweg entdeckt Carsten ein Auto auf einem Parkplatz am Straßenrand. „Blitzer?“, fragt er aufgeregt, tänzelt, reckt den Hals. „Ja, Blitzer! Die sollen einen Hitzeschock erleiden!“, empört sich mein sonst so

sanfter Lieblingsmann. Ich lache. Wir schlendern an Lidl vorbei. Ich freue mich über die großen weißen Blütenkerzen an den Kastanien. Carsten nicht. „Eine Unverschämtheit. Wäre es nicht so teuer, würde ich mir ein Warnschild anfertigen lassen und 50 Meter vor dem Blitzer für die Autofahrer aufstellen!" Mein Liebster kann sich gar nicht beruhigen. Wegen eines Blitzers! Ja, sie haben die Preise und Strafen für Regelverstöße im Straßenverkehr enorm erhöht. Es muss doch wieder etwas eingenommen werden, wenn man Autoindustrie und Lufthansa mit Milliardensummen unterstützt.
In der Zeitung ist ein Kreisdiagramm abgebildet, das 50% aller Deutschen als Risikogruppe für einen schweren bis tödlichen Corona-Verlauf beweisen soll. 39 % gehören deswegen zur Risikogruppe, weil sie rauchen. Dieses Aufbauschen des Risikos ist umso interessanter, wenn man sich an die Erkenntnis französischer Wissenschaftler erinnert, die feststellten, dass unter den Corona-Toten ausgesprochen wenige Raucher zu finden sind und man in Frankreich zeitgleich mit dieser Meldung Hamsterkäufe von Nikotinpflaster verbot. In Deutschland vergrößert man bei Rauchern dagegen die Angst.
Angst frisst nicht Seele, sondern Gehirn auf und hilft Diktaturen. Das haben wir zwar nicht in unserer sozialistischen Schule gelernt, aber im bundesrepublikanischen Bildungskanon ist diese Binsenweisheit verankert.

10. Mai 2020

Die Frage des heutigen Tages lautet: Kann man sich über Fürze mit Covid-19 anstecken? Ein australischer Mediziner twittert diese Annahme mit der Begründung, dass Fürze Aerosole und damit der Atemluft nicht unähnlich seien. Andere Mediziner geben zu bedenken, dass die Darmgase eines Infizierten unmittelbar in die Atemwege einer anderen Person gelangen müssten, um eine Ansteckung

wahrscheinlich zu machen. Wer zu den Fürzen von Coronapatienten also gebührend Abstand hält und sich zudem, wie empfohlen, mit einer Alltagsmaske oder einem Mundschutz bedeckt, dürfte theoretisch vor einer Ansteckung gefeit sein. Boah! Wie oft habe ich mein Gesicht schon auf einen nackten Hintern gelegt und tief durchgeatmet. Am liebsten, wenn der geliebte Nacktarsch unter Blähungen litt. Da verunsichern solche Meldungen sehr, auch und gerade so kurz vor Eröffnung der FKK – Saison in Mecklenburg-Vorpommern. In so einer riskanten Situation sind Beratungsangebote das A und O. Vor allem für Menschen mit Hörsturz durch Fürze. Dazu finde ich folgende Zeitungsmeldung auf Facebook: Wegen der Infektionsgefahr durch Corona findet die Beratung des Sozialen Dienstes für Hörgeschädigte nur telefonisch statt. Am Donnerstag, 14. Mai, zwischen 10 bis 12, steht die Beratung per Mobilfunk unter…017… zur Verfügung.
Kein Wunder, dass die Nerven bei einigen Mitbürgern blank liegen. Besonders, wenn Kinder seit Wochen zu Hause sind, bespielt und beschult werden müssen. Außerdem alles mithören können, was Erwachsene so sagen. Heute brüllt ein Kind im Hof seinen Vater an. Ich verstehe nur das Wort „Grundrechte". Darauf der Vater: „Deine Grundrechte sind atmen und gucken!"
Nach dem morgendlichen Balkonkaffee radeln Carsten und ich auf den Potsdamer Boulevard, um der Einweihung der Familie Grün beizuwohnen. Bei strahlendem Sonnenschein haben sich etliche Journalisten und Fotografen versammelt, natürlich auch die Kulturbeigeordnete der Stadt Potsdam, gekleidet in sattem Grün, dazu die Künstlerin und die Tochter der bereits verstorbenen ursprünglichen Schöpfer des Kunstwerkes. Wir alle warten auf den, coronabedingt, sehr klein gehaltenen Einweihungsakt. Die Party am gestrigen Tag dagegen muss eine große und menschenreiche gewesen sein. Der gesamte Bummelboulevard ist voll Müll. Die Papierkörbe und Mülleimer quellen über. Flaschen,

Plastebecher, Plastebehälter für Nahrung und Papier liegen verstreut auf dem holprigen Pflasterweg. Die Familie-Grün-Journalisten vermuten eine Demo. Natürlich von Aluhutträgern, Linken oder Rechten, auf jeden Fall aber dummen Menschen. In Zeiten von Corona ist jeder Demonstrant dumm. Das ist wahrscheinlich Demokratie. Eine Reduzierung der Grundrechte auf Atmen und Gucken. Und Staunen.
Der Rest des Tages ist müde und langweilig, aber warm. Das ändert sich am Abend. Die Eisheiligen kommen.

11. Mai 2020
Carsten und ich haben rein sexuell ganz schlechte Karten. Auf der Seite eines privaten Fernsehsenders musste ich gerade lesen, dass Menschen, die älter sind als 50, zur Corona-Risikogruppe gehören und deshalb in allen Lebenslagen auf Abstand gehen sollten. Das betrifft uns beide. Wir sind nicht einfach nur über 50, wir sind weit über 50. Ich mehr, er weniger. Ganz kriminell wird es, wenn einer von uns beiden Corona haben sollte. Schläft man nämlich als an Corona-Erkrankter mit jemandem, der sich daraufhin infiziert und verstirbt, wäre eine Anklage wegen Totschlags durchaus denkbar. Damit werden alle Paare 50 + ganz schnell zu Lustmördern. Es gibt aber einen rechtlichen Ausweg: Man müsste uns nachweisen, dass das Coronavirus auch wirklich durch den Geschlechtsverkehr übertragen wurde - und nicht etwa auf anderem Wege, wie zum Beispiel schon im Vorfeld im Supermarkt, bei IKEA, im Friseur oder bei der Kosmetikerin. Gut, dass man als Medienkonsument immer top informiert ist.
Der Temperatursturz von 10 Grad und Dauerregen führen heute dazu, dass meine Lust auf Sex total versiegt. Vielleicht auch gar nicht erst aufkommt. Das rettet zumindest einem Ü50-er in meiner Umgebung das Leben. Meinem Geliebten. Auch schön.
Spätestens in 2 Jahren wird die Wissenschaft uns mitteilen

können, wie gefährlich normales Leben in einer Pandemie wirklich ist. Ob so risikobehaftet wie im Straßenverkehr oder wie bei einem Tsunami. Bis dahin werde ich den eventuell auf mich zukommenden Strafprozess verschleppen.

12. Mai 2020

Die Suchenden und die Zweifler sind mir näher, als die sich im Besitz der Wahrheit glaubenden Ausgrenzer und Abwerter im gesellschaftlichen Diskurs. Volly Tanner auf FB

Ich musste diesen Spruch von Volly kopieren. Er spricht mir aus dem Herzen. Dieser Hass geht mir auf den Geist. Und da ist es mir wirklich egal, ob gegen Aluhutträger, Verschwörer, Influencer, Angestellte einer Behörde, die ein Situationspapier auf Kopfbogen schreiben oder Menschen, die Angst vor der Krankheit haben. Es wird sich lustig gemacht, geschimpft, verunglimpft und sogar entlassen. Verträge werden gekündigt. Existenzen zerstört. Aber immer aus einer Position der Stärke, des Besserwissens und der Arroganz. Und immer unter dem Motto: Wir sind die Guten und dürfen deshalb menschenverachtend agieren und argumentieren. Warum? Wofür soll das gut sein?

Ein Beispiel:

Ich gucke Vlogs. Videos von Influencern. Menschen, die zeigen, wie sie leben und damit Geld verdienen. Etliche meiner Kollegen machen sich darüber lustig, verkennend, dass die Influencer richtig gute Arbeit leisten, professionell sind und sehr fleißig. Ich beneide keinen dieser jungen Menschen, möchte mich nicht jeden Tag schminken, toll aussehen, filmen, Dinge erzählen.

Jedenfalls habe ich auf den Spott-Post eines Kollegen reagiert. Gefragt, was er gegen diese neue Form der Werbung hat. Was der Unterschied zu Promis ist, die im Fernsehen für Abführmittel, Koffer, Klamotten und Kaufhäuser werben. Oder für Kamillan. Ein anderer Kollege antwortet darauf, dass Influencer nichts Anderes könnten, keine wahren Künstler seien und für Schrott werben würden. Ich glaube,

er hat noch nie einen erfolgreichen Influencer gesehen. Dann wüsste er, dass die Promis, die etwas können, das Gleiche machen und bei HSE24 Pickelcremes verkaufen. Aber ich schweife ab. Eine junge Mutter zweier Kita-Kinder, der ich auf Insta folge, hat für Corona ihren gesamten alten und neuen Urlaub genommen. Jetzt muss sie wieder arbeiten gehen und hat sich um einen Notbetreuungsplatz, wie es neuerdings heißt, für ihre Kinder beworben. Der Antrag wurde abgeschmettert, weil ihr Mann als Außendienstmitarbeiter im Homeoffice arbeiten könne. Da Kleinkinder im Homeoffice, bei Videokonferenzen im Besonderen, aber vor allem im Außendienst- anders als Behörden oft glauben- doch eher störend und konzentrationsverhindernd wirken, werden jetzt die Großeltern der Familie die Kinderbetreuung übernehmen. Also, genau die Corona-Risikogruppe, die durch die Pandemieeindämmungsmaßnahmen, wie geschlossene Kitas, besonders geschützt werden soll. Die muss einspringen, weil es anders nicht genehmigt wird und Babysitter in diesen Zeiten Mangelware sind. Die Realität ist für die politischen Entscheider doch weiter weg, als ich ohnehin schon immer vermutet habe. Viel weiter. Ich bin geneigt zu glauben, dass das in meiner Branche, bei der Kultur, ja vielleicht mal passieren kann, dass man sich nicht so gut auskennt und darum Künstler und Kulturschaffende, wirklich aus blanker Unkenntnis, am langen Arm verhungern lässt. Aber eine Familie hat ja wohl jeder schon mal erlebt. Irgendwie. Ich rege mich nicht mehr auf, ich wundere mich nur noch.
Nichts am heutigen Tag erscheint mir schreibenswert. Spaziergang, Kaffee und Kuchen von unterwegs, Gespräche mit den Inhabern, dass ab Freitag wieder Tische vor dem Kiezrestaurant stehen werden. Am Ufer der Havel, wo wir unseren Kaffee trinken, holen zwei Männer mit Magneten und Haken an Seilen Schrott aus dem Fluss. Ein richtig gutes Mountain Bike ist auch dabei. Auf dem Rückweg gucken wir

bei Fressnapf nach einem neuen Vogelhaus für meinen Balkon, weil mein altes auseinanderzufallen droht. Den Vogelhäusern im Laden geht es nicht besser, sie sehen sogar noch verkommener aus als mein altes, sollen aber 28 € kosten. Ich verzichte. Wenn die Sonne durch die Wolken blickt, ist es ziemlich warm, wenn nicht eisekalt. Komisches Wetter. Der kälteste Mai ever. Einige Meteorologen behaupten, der Sommer 2020 würde dafür der heißeste Sommer ever. Solche Aussagen bringen sämtliche Wissenschaftler in Misskredit. Obwohl das RKI schon gute Vorarbeit geleistet hat. Gestern gab es sogar im ZDF bei „Berlin direkt" dazu einen Beitrag. Zusammengefasste Aussage: Man hält sich mit genauen Auswertungen der Infektionszahlen zurück, setzt sie nicht ins Verhältnis, erhebt zu ungenau. Weil man uns Bürger nicht ernstnimmt. Man will uns in Angst halten, damit wir folgsam sind. Erstaunlich, dieser Beitrag, weil er kritisch daherkommt.
Am Abend kommt „Mensch, Sieber", eine Kabarettsendung, die die Situation der Künstler zum Inhalt hat. Das ist gut, weil in der Öffentlichkeit immer der Eindruck erweckt wird, uns würde ausreichend geholfen. Carsten und ich sind trotzdem ins Bett gegangen. Wir wissen ja, wie es uns geht.

13. Mai 2020
Heute an diesem kalten, regnerischen Tag gibt es gleich am Morgen Positives. NRW will aufgrund eines Urteils die Außengrenzen öffnen, also auch zu den Niederlanden. Hinfahren konnte man schon immer, aber bei der Rückkehr nach Deutschland musste man bisher in eine 14-tägige Quarantäne. Das soll nun bald vorbei sein. Ich hoffe es sehr, denn dann kann ich endlich Pauli wiedersehen. Mein Kind. Bald wird sie 36. Unglaublich. Würde gern, anlässlich ihres Geburtstages, wieder einen Mutter-Kind-Urlaub machen. So wie vor zwei Jahren in Faro oder vor vier Jahren in Euro-Disney. So zwei, drei Tage nur für uns. Habe ein Hotel rausgesucht. Geografisch genau in der Mitte zwischen

Potsdam und Amsterdam. Ich rufe dort an. Sie wissen nicht, wann sie öffnen. Vergangenen Freitag wollte man es ihnen sagen, heute ist Mittwoch. Die Nerven liegen blank.
„Wenn wir nur 50 % öffnen dürfen, dann vermieten wir nur die teuren Zimmer."
„Aha, und was kostet dann das günstigste?", will ich wissen. 378 € pro Nacht. Das wird also nichts. Mich beschleicht die Angst, dass es alle Hotels so handhaben könnten. Dann müssten wir den Mutter-Kind-Urlaub in diesem Jahr auf dem Balkon verbringen.
Pauli sagt, sie wird eine große Geburtstags-Party machen. Zuerst im Park. Jeder Gast bekommt ein Kästchen abgesteckt, 2x2 Meter groß. Es dürfen sich 10-er Gruppen treffen, also gibt es dann 2x10 Kästchen in gebührendem Abstand. Will einer sein Kästchen wechseln, gibt er ein Trillerpfeifensignal. Abends dürfen dann 10 Leute mit Vollschutzanzug und Maske mit in ihre Wohnung kommen. Ich empfehle gut zu lüften, wegen der Ansteckungsgefahr. Das ginge nicht, meint Pauli, sogar die Gardinen müssten geschlossen sein, sonst würden sie von Nachbarn oder vorbeilaufenden Bürgern verpetzt.
Heute, nach gefühlt 100 Jahren, singe ich mal wieder. Damit die Stimmbänder trainiert werden. Bisher fehlte mir die Motivation. Allerdings hatte ich beim Sprechen immer öfter das Gefühl, dass meine Stimmbandmuskeln an Festigkeit verlieren. Die Stimme vibriert manchmal komisch. Ich übe die Songs aus der Show „Es war nicht alles Sex". Ein Desaster! Sobald die ersten Töne eines Liedes gesungen sind, stelle ich mir vor, wie mich meine Zuschauer anlächeln, vielleicht vor Freude ihre Feuerzeuge hochhalten, lachen und klatschen und sofort rutscht die Stimme weg. Ich heule. Beginne das nächste Lied, heule. Es ist die Sehnsucht nach der Bühne, die Vorstellung, dass es endlich wieder losgeht nach Wochen des Entzuges. Aber wann wird es soweit sein?
Heute gibt es die erste Vorstellung des Comedy-und Theaterclubs, mit dem ich seit vielen Jahren

zusammenarbeite, in einem Autokino in Dresden. Die Notendealer sollen vor Autos mit Menschen drin auf einer Bühne und direkt auf eine Leinwand vergrößert ihr Programm spielen und singen. Das Gesundheitsamt kontrolliert vor Beginn der Veranstaltung, ob alle Corona-Abstands-Schutz-Regeln eingehalten werden und verbietet den Live-Auftritt nur eine Stunde vor Vorstellungsbeginn. Begründung: Live-Kabarettisten sind kein Kino. Da staunt der normal denkende Mensch und schluckt. Die Kollegen dagegen rotieren. Sie suchen sich einen Raum mit gutem Netz und lassen sich direkt auf die Kinoleinwand übertragen. Dadurch ist es kein Livekabarett auf der Bühne, sondern Kino. Die Zuschauer haben Verständnis. Zumindest für die Künstler. Die Entscheidung des Gesundheitsamtes ist nicht zu verstehen. Ich sehe darüber einen Bericht im mdr und erfahre: Auch das Hupen, dass bei Autotheatervorstellungen in anderen Städten als Applaus-Ersatz fungiert, ist den Autozuschauern in Dresden untersagt. Absurde Blütentreiberei.
Heute merke ich schon beim Sport, dass ich morgen fürchterlichen Muskelkater haben werde. Ich schwitze und atme. Mehr als sonst. So ähnlich wie auf der Bühne. „Das ist doch gut!", sagt meine Trainerin und treibt mich an. Eigentlich ist es das nicht. Wie ich nämlich heute in der Tageszeitung lese, ist starkes Atmen prinzipiell, aber besonders wenn man singt und nicht allein ist, in Corona-Hygienezeiten kreuzgefährlich. Darum muss man einen Mindestabstand von sechs Metern einhalten. Blasen dagegen sei nicht gefährlich. Wenn man in ein Horn oder ein Saxophon bläst, meine ich.

14. Mai 2020

Neueste Meldung: Asthmatiker scheinen vor Corona geschützt. Ich lese den Artikel nicht. Wird ja jeden Tag eine neue Sau durchs Dorf getrieben. Je nach Land und je nach Bundesland. In Deutschland sind Raucher Risikogruppe, in

Frankreich nicht. In Furzen und Sperma wurden Corona-Viren nachgewiesen, aber in den meisten Ländern wurde die Mehrheit der infizierten Menschen nicht getestet. An den Lockerungen kann man ablesen, dass kleine Kinder besondere Virenschleudern sein müssen, alten Menschen der Tod schon beim Gespräch mit Mundschutz durch eine Plastescheibe droht und Künstler und Prostituierte als Virusgefahr auf einer Stufe stehen. Fußballer scheinen geschützt, außer die aus Dresden, in China reichen sechs Infizierte, um eine ganze Stadt auszuschalten. Das einzig Verlässliche in dieser Zeit ist der Autokauf. Der scheint unbedenklich.
Bella kommt pünktlich. 10 Uhr. Wir fummeln aus den vorhandenen Texten ihre Show zusammen, überlegen, wie man welche Inhalte und Lieder verbindet, was zu ihr passt, was nicht. Nach drei Stunden sind unsere Köpfe leer. Bella hat einen glasigen Blick und kann nicht mehr denken. Ich falle schlaff auf´s Sofa.

15. Mai 2020

Heute erfahre ich beim ersten Kaffee auf dem Balkon, dass –ganz anders als vorgestern vermeldet- Reisen nach Holland möglich sind. Im Juni. NRW hat zusätzlich die Quarantäne bei der Rückkehr nach Deutschland abgeschafft. Wer im Sommer nach Spanien will, darf seinen 14-tägigen Urlaub nur im Hotelzimmer verbringen, das er zum Einkaufen und für einen Arztbesuch verlassen darf. Ach ja, an den Stränden darf man sich nicht sonnen. Nur rumlaufen. Super für die Tourismusbranche.
Die Künstler bekommen weiterhin keine finanzielle Unterstützung für ihre Lebenshaltungskosten. Jedenfalls in Brandenburg. Im Landtag wurde der Vorschlag eingebracht, die Soforthilfe für Soloselbständige entgegen der Gesetzesänderung nach Antragstellung auch für Lebenshaltungskosten zuzulassen. Das lehnten die Regierungsparteien mitleidlos ab. Ich hoffe, dass geklagt

wird. Massenhaft. Und später richtig gewählt.
Gegen 14 Uhr kommt angekündigter Besuch. Meine Wander- und Brieffreundin mit ihrem Mann. Ich mag die Sachlichkeit, das klare Denken und Analysieren der beiden nicht nur in der derzeitigen Lage. Und ihren zurückhaltend wirkenden Humor. Wir trinken Kaffee auf dem Balkon, bummeln über den Boulevard. Heute ist der erste Tag, an dem in Brandenburg die gastronomischen Einrichtungen unter Hygieneauflagen wieder öffnen dürfen. Viele Gastronomen nutzen die Möglichkeit, obwohl keiner weiß, was sich rechnet und was nicht. So sitzen wir später im Backstolz, essen Spätzle und Salat. Als ob es nie anders gewesen wäre. Ein großartiges Gefühl, als wir es bemerken. Beim Abschlusskaffee auf dem Balkon freuen wir uns schon auf unser lange geplantes, alljährliches Wanderwochenende Anfang Juli. Es wird klappen.

16. Mai 2020

Merkmale der DDR: Nur Auserwählte dürfen ins westliche Ausland reisen, es gibt die innerdeutsche Grenze, Warteschlangen vor Geschäften. Kritik an Zuständen wird als Hetze diffamiert, Kultur- und Medienschaffende loben im Chor die Regierung, man redet und verhält sich öffentlich nur regelkonform, um nicht vom Nachbarn denunziert zu werden. Jetzt holt mich die Vergangenheit ein. Ich empfinde es so. Diesmal zwar mit der Hoffnung auf bessere Zeiten, aber ohne zu wissen, wann es soweit sein könnte. Damals wurde ich in die Verhältnisse hineingeboren, heute werden sie mir plötzlich übergestülpt.
Für mich ist die DDR das Land meiner Kindheit. Damals passten meine Eltern und Großeltern auf mich auf, erklärten, was richtig und falsch ist, warnten mich vor Gefahren. Je älter ich wurde, desto besser konnte ich selber auf mich aufpassen. Jetzt bin ich alt und werde wieder zum Kind gemacht. In der Corona-Krisen-Pandemie übernimmt die Politik die Elternfunktion für ALLE Bürger jeden Alters.

Wir können uns, nach jahrelanger Privatisierung der Krankenhäuser und ständig steigenden Beiträgen der Krankenkassen, darauf verlassen, dass die Politik uns vor Krankheit und Tod schützt. Dafür bekommen wir ab und zu ein Leckerli. Gerade durften die Restaurants in Brandenburg öffnen. Aber Kneipen und Biergärten dürfen laut Regelung der Landesregierung nur wieder öffnen, wenn sie vor Ort zubereitete Speisen anbieten. Folglich müssen sie demnächst z.B. Bockwurst ins Angebot aufnehmen, wenn sie wieder öffnen wollen. Oder Eisbein. Wahrscheinlich geht auch Stulle mit Hackepeter. Die brandenburgische Gesundheitsministerin Nonnemacher, eine Grüne, wurde nach dem Sinn dieser Verordnung gefragt und hatte eine lange Antwort parat. Ihre Begründung kann man so zusammenfassen: Wenn es nichts zu essen gibt, würden sich die Gäste ausschließlich betrinken. Und...jetzt kommt´s...damit steige das Risiko "unkontrollierter körperlicher Kontakte", also das Infektionsrisiko. Woher weiß sie das? Ist das in ihrer Familie so? Ich rede eigentlich ganz gern mit meinen Freunden bei einem alkoholfreien Cocktail. Manchmal auch bei Kaffee oder Wasser. Auch nach einem Glas Wein habe ich noch keinen meiner Freunde sexuell belästigt. Wenn ohnehin nur zwei Haushalte an einem Tisch sitzen dürfen, reduziert sich zweifellos die Möglichkeit, gleich mehrere Männer abzulecken. Obwohl ich natürlich dazu neige, mich nach einem Schnaps an den Nachbartisch zu setzen. Und dann zu singen. Toll, dass Frau Nonnemacher all diese menschlichen Auswüchse im Blick hat. Es fühlt sich so muggelich an. Dieses Gefühl, dass ein anderer für mich denkt. Fast wie in meiner Kindheit. Hätte Oma nicht mit dem Teppichklopfer gedroht, hätte ich mit Freundin Pia Schnee gegessen. Oder Kirschkerne geschluckt. Wer weiß das schon.

André Kuntze, mein liebster und einziger Bühnenbegleiter, hat Geburtstag. Wir telefonieren mal wieder. Er hat zum Glück ein paar Jobs beim MDR, um die

Veranstaltungsabsagen mit mir und City und den Rocklegenden ein wenig zu kompensieren. Das beruhigt mich.
Am Abend gehen Carsten und ich zu unseren Musikerfreunden. Sie verschieben ihre Tour gerade ein weiteres Mal. Diesmal ins nächste Jahr. Heute Abend verbannen wir alle schlechten und belastenden Gedanken und schauen den ESC. Also den unechten im Privatfernsehen. Der echte fällt ja aus. Wir lachen, raten mit, trinken Wein, essen Unmengen an Chips, quasi unkontrolliert und fallen trotzdem nicht übereinander her. Als Musiker sind wir mit dem Resultat des Musikausscheides unzufrieden. Meine Freundin sagt, es sei eine Unterhaltungsshow und deshalb nicht ernst zu nehmen. Heutzutage gewinnen eben die, die gerade im Fernsehen laufen. Das sind Ilse und Santos, die wöchentlich bei „Sing meinen Song" zu sehen sind. Was ich aber unheimlich beruhigend finde: Helge Schneider landet auf Platz 3. Deutschland hat seinen Humor noch nicht ganz verloren.

17. Mai 2020

Sonntag, keine Zeitung. Aber Sonne auf dem Balkon. Auf Facebook lese ich, dass es zum ersten Mal keine Neuinfektionen in Sachsen-Anhalt gab. In Potsdam auch nicht.
Carsten hat dafür schwere Beine. Wahrscheinlich wegen des vorabendlichen Gin-Tonics. Ich habe Lust, meinen Balkon urlaubshübsch zu gestalten und hole das Balkonsofa aus dem Keller. Putze und dekoriere. Das Wetter spielt mit. Wunderbar für die Augen und die Seele. Ich liege auf dem Sofa und reise mit Frau Winnemuth nach Barcelona und Tel-Aviv. Abends kann ich ihr Buch nicht lesen, es macht mich melancholisch. Wegen meiner Reisesehnsucht. Wegen des Nichtwissens, wann es wieder soweit ist. Wann ich wieder angstfrei reisen kann und darf. Ob meine „Weltreise" stattfindet? Ein Kindheitswunsch, gepflanzt von meiner

Mama und ihren phantasievollen Geschichten, die sie mir damals immer zum Einschlafen erzählte. Geschichten ihrer Kindheit und ihrer Träume. Einige davon habe ich mir schon erfüllt. Sogar zusammen mit Mama. Wir waren in Eurodisney und in Florida. Nun zu meinem 60. im kommenden Jahr wollte ich mir den Traum einer fünf Monate langen, am liebsten noch länger andauernden Reise erfüllen. Carsten wurde überzeugt. Das Geld auf dem Konto könnte reichen, wenn wir uns überwiegend im asiatischen Raum aufhalten. Und wenn Corona mein Geld nicht auffrisst oder entwertet. Ich möchte Thailand, Vietnam, Bali, vielleicht auch Kambodscha und Laos, seit dem ausgefallenen Urlaub in diesem Jahr natürlich Kalifornien und Hawaii, auf der Reise nach Bangkok eventuell sogar noch Tokio besuchen. Ich möchte testen, wie und ob ich mich auf eine so lange Zeit der Entspannung und Neugier einlassen, ob ich abenteuerlustig sein kann. Alles soll möglichst ungeplant und spontan ablaufen. Vielleicht ist Corona dafür ein Training. Nicht zu wissen, was dich erwartet. Treiben lassen. Hoffentlich nicht verschieben müssen. Wegen dieses Herzenswunsches bin ich zu aufgewühlt, um Winnemuths Reisetagebuch abends zu lesen.

18. Mai 2020

Mein Kopf sagt: Heute ist ein guter Tag. Weil ich nach fast 10 Wochen wieder einen Vertrag schreiben darf. Für den 13. November 2021 im Kulturhaus Torgau. Dieser Montag läuft ansonsten ein wenig träge vor sich hin. Balkon, Sudoku, Zeitung, Tagebuch und Kolumne schreiben. Dann ein gemeinsamer Ausflug mit Carsten nach Babelsberg, aus Bequemlichkeit nicht mit dem Fahrrad. Das Auto muss ja auch bewegt werden. Wir haben seit dem Lockdown nicht mehr getankt. Auf unserem Weg sehen wir an den die Straße säumenden Baumstämmen eine Armada kleiner Fliegen. Sie bilden ganze Fliegenstraßen. Wir machen ein Foto und fragen den Biologen Ralli per Facebook, was das ist. Eklig ist

es allemal. Wenig später schreibt er uns, dass wir Aggregationen von Lindenwanzen an Lindenstämmen beobachtet haben. Sie sind erst seit 2004 auch in Deutschland verbreitet. Ihr massenhaftes Auftreten liegt wohl an einem für sie bekömmlichen Klima in diesem Jahr. Widerlich!
Wir setzen uns vor einen Bäcker, trinken Kaffee, essen Kuchen, beobachten die Babelsberger. Sie scheinen in ihrem natürlichen Habitat und in der Aggregation der Einkaufsstraße doch ein wenig anders als die Potsdamer. Ein bisschen weniger städtisch, nicht mit Studenten oder Touristen durchmischt. Babelsberger eben. Sie legen viel Wert auf die Unterscheidung und fühlen sich der Stadt Potsdam nur marginal zugehörig. In Corona-Zeiten spüre auch ich, warum Babelsberg nicht Potsdam ist.
Für Carsten beginnt heute die Boule-Saison. Durch die Umstände etwas verspätet. Sobald es wärmer wird, trifft er sich seit mehreren Jahren immer montags auf dem Bassinplatz mit seinen Freunden. Das macht ihn glücklich. Die Vorfreude spüre ich schon Tage vorher.

19. Mai 2020
Der Himmel ist bedeckt. Aber der Tag beginnt schön. Einer meiner wenigen männlichen Kommilitonen aus Studienzeiten hat sich telefonisch angemeldet. In unserer Seminargruppe gab es nur sieben Jungs und 25 Mädchen. Und er gefiel mir von Anfang an am besten. Andreas ist wie wir alle in die Jahre gekommen, sieht aber immer noch gut aus. Groß, fröhlicher Blick, cooles schwarzes Jackett und grüne Hose. Wir treffen uns auf dem Luisenplatz und bummeln über Potsdams Boulevard. Vor den Geschäften stehen lange Schlangen, die Kauflustigen halten ihren Mundschutz bereits in der Hand oder tragen ihn im Gesicht. Durch die Corona-Maßnahmen ist wider Erwarten meine Shopping-Leidenschaft total versiegt. Und plötzlich fällt mir eine Parallele ein, zwischen einem Erlebnis mit Andreas in

unserer Jugendzeit und Corona-Shopping. Es begab sich nach einer wilden Party in meiner Leipziger Studentenbude. Andreas und ich waren allein und ziemlich betrunken zurückgeblieben, ich saß auf seinem Schoß, wir knutschten rum. Plötzlich begann er an meiner Bluse herumzufummeln. Darunter trug ich ein Unterhemd. Eine vor wenigen Jahren durchgestandene Nierenbeckenentzündung hatte mich zu der Überzeugung gebracht, bei jedem Wetter ein Hemd zu tragen. Das, an dem sich Andreas zu schaffen machte, war ein Geschenk von meiner Oma. Weiß, warm und sehr lang. Andreas zog und zog und zog. Mir wurde die Situation immer peinlicher. Ich kicherte. Dann plötzlich hielt er inne und nuschelte. „Dauert mir zu lange. Wir brechen ab." Auch dieses Beispiel zeigt: Zuviel Stoff und lange Wartezeiten zerstören die Erlebnisqualität.
Heute quatschen wir. Er mehr als ich. Trinken Kaffee, laufen rum. Ihm sei die Lust vergangen, sein wirklich gut laufendes Restaurant wieder zu eröffnen. Vielleicht verpachten. Was dann? Andreas ist über 60, aber aufhören und so ganz ohne Arbeit sein? Unvorstellbar. Wir versuchen uns zu erinnern. Die Namen unserer Mitkommilitonen? Weg. Vergessen. Fast alle. Tröpfchenweise fallen mir dann doch ein paar Namen ein. Auch noch, als wir längst auf Carstens Balkon sitzen und den nächsten Kaffee trinken. Während die Männer reden, quatsche ich bei Gedächtnisblitzen einfach dazwischen. Sage: Kerstin Schuba. Oder Karsten Sinnig. Das Gehirn ist ein komisches Ding.

20. Mai 2020

Als ich gestern auf einem ein Meter breiten Bürgersteig den geforderten Abstand zu einer mir entgegenkommenden Frau nicht einhalten konnte, weil ich auf der Häuserseite lief, schrie sie mir hinterher: „Kannste den Abstand nich einhalten, du Pflaume!" Das ist, wenn es einmal passiert, vielleicht lustig. Aber was ist, wenn sich so ein Umgangston etabliert? So wie es auf Facebook gang und gäbe ist? Auch

heute lese ich wieder Unglaubliches.
Der Intendant des „Theaters am Rand" gibt eine persönliche Erklärung ab. Er wünscht sich einen sachlicheren Umgang mit der Pandemie, die geringe Zahl der Infektionen ließe eine neue Bewertung der Gefahr zu. Er distanziert sich von Verschwörungstheoretikern, bittet die Leser aber, sich auch bei anderen Virologen und Fachleuten zu belesen. Die Kommentare auf seinen Post sind unfassbar böswillig, verunglimpfend und zeigen genau das, was er anprangert: Mangelnde Information. Schlimmer noch: man bedroht ihn, will sein Theater zukünftig meiden.
Peter Maffay macht auf die prekäre Situation der Kulturschaffenden aufmerksam, nicht nur für sich, für alle. Er muss einen zynischen Shitstorm über sich ergehen lassen. „Mir kommen gleich die Tränen!" und „Nicht jeder ist Künstler, der glaubt einer zu sein!", sind noch die harmlosesten Kommentare.
Eine Zeitung meldet, dass Giulia Siegel Hartz IV beantragt hat. Sie wird verlacht und beschimpft. Man wirft ihr vor, genug Geld und einen reichen Vater zu besitzen.
Woher kommen dieser Hass, der unerträgliche Neid und der Wunsch vieler, sich an strikte Anweisungen zu halten, ohne sie zu hinterfragen? Warum sind es ausgerechnet diejenigen, die Menschen vor dem Tod durch eine Pandemie retten wollen, die bei allen anderen Meinungen nicht die geringste Empathie zeigen, denen jegliches Mitgefühl abhandengekommen zu sein scheint? Woher kommt der aggressive Glaube, immer auf der richtigen Seite zu stehen und schlauer zu sein als andere. Der Drang, sich über andere zu erheben? Ich verstehe das nicht!
Genauso wenig wie die Ausfälligkeiten einiger Mitmenschen im „richtigen" Leben. Da zeigt sich, wozu Angst führen kann. Zwei Drittel aller vom Ordnungsamt geahndeten Verstöße gegen die Pandemieverordnungen kamen aufgrund von Anzeigen zustande. Denunziation in der Nachbarschaft. Massenhaft.

Das, was ich seit einigen Wochen täglich auf den Straßen und in den gar nicht sozialen Medien lesen, mit ansehen oder erleben muss, macht mir viel mehr Angst als jede Pandemie. Wann auch immer es ein „Danach" geben wird, ich bin mir sicher, es wird tatsächlich alles anders. Ich erwarte nicht mehr, dass wir solidarischer miteinander umgehen, sondern befürchte, dass uns die Angst vor unseren Nachbarn, Facebookfreunden, sogar vor entfernten Bekannten vorsichtiger werden lässt, es im Umgang miteinander keine Ungezwungenheit, kein Grundvertrauen mehr geben wird. Danach wissen wir aus eigenem Erleben, wozu Menschen fähig sind.
Das Veranstaltungsmagazin Potsdams, die events, meldet sich bei mir. Es wird im Juni wieder eine Printausgabe geben. Natürlich nicht ohne meine Kolumne, die ich bereits seit 2014 jeden Monat dafür schreibe. Ich freue mich und liefere. Ein weiteres großes Highlight des heutigen Tages ist Carstens und meine kleine Radtour zu Aldi. Dort kaufen wir Kaffee und ich finde einen zu meinem Balkon passenden Blumentopf. Auf dem Rückweg radeln wir an der Havel entlang, machen eine kurze Pause mit Blick auf´s Wasser. Diese Strecke ist wunderschön. Immer wieder. Jedes Mal. Trotzdem würde ich unser verordnetes Rentnerdasein besser heute als morgen beenden.

21. Mai 2020

Mein Kind hat Geburtstag. Heute vor 36 Jahren wurde ich Mama und bin bis heute überglücklich, dass es so ist. Auch wenn ich die ersten Jahre nach der Geburt gedacht habe, ich würde nie im Leben wieder ausschlafen können. Ich hatte ein Schreikind, das sich sechs Monate lang durch nichts beruhigen ließ. Obwohl ich mich von Paulis Vater getrennt und sie fast allein großgezogen habe und auch wenn ich manchmal überfordert war, vor allem in der Pubertät meiner Tochter, ist sie das Beste, was mir je passiert ist. Wir lieben uns von ganzem Herzen, sind uns nahe, auch wenn wir weit

voneinander entfernt leben. Meine schöne, intelligente, verrückte Pauli wird heute 36 Jahre alt.
Nach einem ausführlichen Geburtstagsanruf arbeite ich am PC, schreibe einen Männertagstext über Sex und Prostitution.
Erst vorgestern haben Abgeordnete des Bundestages ihre Befürchtungen zu diesem Thema schriftlich geäußert: "Es dürfte auf der Hand liegen, dass Prostitution die Wirkung eines epidemiologischen Super-Spreaders hätte - sexuelle Handlungen sind in der Regel nicht mit Social Distancing vereinbar", heißt es in dem Papier. Bei der Nachverfolgung von Infektionsketten werde aller Voraussicht nach der Kontakt mit Prostituierten verschwiegen.
Das glaube ich auch. Also zum einen, dass es auf der Hand liegt und zum anderen, dass man die Infektionsketten nicht nachvollziehen kann. In meiner Comedy-Show „Du willst es doch auch“ stelle ich immer folgende Frage an das Publikum: „Liebe Männer, wer von euch war denn schon mal bei einer Hure?“ Nur ein einziges Mal hat sich jemand gemeldet. Erzählte aber, dass es kurz nach dem Mauerfall gewesen wäre und sie nur für Westgeld arbeiten wollte. Das finde ich sehr verwunderlich. Nicht dass die Hure kein Ostgeld wollte, sondern, dass sich sonst nie jemand meldet. Denn beim Statistischen Bundesamt kann man erfahren, dass ca. 400 000 Frauen als Prostituierte arbeiten. Und täglich ca. 1,2 bis 1,5 Mill. Männer allein in Deutschland die Dienste einer Sexdienstleisterin in Anspruch nehmen. Jetzt steht natürlich die Frage, was machen die armen Männer in dieser Lockdown-Situation. Werden sie etwa illegal? Um Gottes willen!
Die Gesundheitsbehörde der Niederlande, das Rijksinstituut voor Volksgezondheid en Milieu hat auf seiner Internetseite einen guten Vorschlag für Singles unterbreitet und ich finde, den können auch Männer mit bezahlten Zweitfrauinteressen umsetzen. Es wird geraten, sich während der Pandemie einen festen Sexualpartner, einen „Seksbuddy“, oder einen

„Schmusekumpel", genannt „Knuffelmaatje" zu suchen. Damit solle das Risiko der Verbreitung eingedämmt und gleichzeitig dem Wunsch vieler Singles nach „physischem Kontakt" entsprochen werden. Was jetzt aus den vielen Prostituierten wird? Am besten sie firmieren um in Knuffelmaatje. Aber bitte immer Listen führen. Denn, so schreibt das Amt: Es müssen Absprachen getroffen werden, wie viele Personen man sieht. Okay, „sieht" ist vielleicht falsch übersetzt.
Nach dem Frühstück fahren wir Richtung Brandenburg. Nach Götz. Da war ich in meinem Leben noch nie, obwohl es nur 30 Minuten von Potsdam entfernt am Rand des Naturschutzgebietes Brandenburger Osthavelniederung liegt. Wir wandern, nicht weit, aber mit Steigung in die Götzer Berge. Bis hinauf auf einen Aussichtsturm mit Blick über Wald und die zum Teil begradigte und zum Teil in ihrer ursprünglichen Form fließende Havel zwischen Potsdam und Brandenburg. Wir wandern weiter zu den Deetzer Erdlöchern. Das sind idyllische Wasserlöcher oder Teiche, die man auf schmalen Wanderwegen oder dem breiteren Havelradweg umlaufen kann. Frösche quaken laut, Angler stehen hinter fast jedem Busch. Es ist wunderschön und junigrün. Wir sind natürlich nicht die einzigen, die hier unterwegs sind. Wanderer, Radfahrer, Männertagsgruppen. Alles bei perfektem Wetter. Wir rasten kurz in der Groß Kreutzer „Fernfahrer Ruh", wo gerade 18 schwarzgekleidete Biker anrollen. Von Ruhe keine Spur. Aber unterhaltsam ist es. Wegen der laut ausgetragenen Diskussionen, ob man nun Tische zusammenschieben darf oder nicht, ob das Ordnungsamt heute noch kontrollieren kommt oder vielleicht erst am Wochenende.
Am Nachmittag sind wir direkt am Havelufer mit Freunden verabredet, die wir lange nicht gesehen haben. Sie haben vor zwei Jahren ein kleines Wassergrundstück gekauft, mit Wochenendhäuschen und Bootssteg. Wunderschön. Man entspannt sofort, wenn man sich dort hinsetzt und über die

Wiese auf´s Havelgewässer guckt. Hund Heidi ist aufgeregt, legt sich aber auf meinen Schoß. Es gibt erst Kuchen, dann Gegrilltes und ganz viel zu erzählen. Es wird spät.

22. Mai 2020

Die Nacht ist kurz, die Tageszeitung zu spät und der Muskelkater von der kurzen Wanderung eine körperliche Zumutung. Kein guter Start in den Tag. Bei einem Kaffee auf dem Balkon und absoluter Ruhe im Hinterhof lebe ich auf. Und wundere mich. Auf dem Grundstück, rechts von unserem Haus, hängt schon wieder Wäsche. Auf dem zum 9-Parteien Mietshaus gehörenden klitzekleinen Grundstück von vielleicht 10 x 2 Metern ist auf einem Drittel über drei metallene Wäscheständer eine Wäscheleine gespannt. Dort hängen seit Wochen immer riesige Laken, Bettzeug und ähnlich große Stücke von den Mietern des Hauses und verdecken die unter dem Balkon des Erdgeschosses angelegte Terrasse der Souterrainwohnung. Souterrain klingt gut, ist aber eine halbe Kellerwohnung. Dort zog vor einem Jahr ein neuer Mieter ein. Der zauberte über Tage und Wochen aus dem braun getrampelten teppichgroßen Grundstück einen grünen und blühenden Garten. Er verlegte Beet-Abgrenzungssteine, schleppte Muttererde und für seinen Terrassenabschnitt Kieselsteine heran, pflanzte bunte Blumen am Rand, säte Rasen, pflegte, schnitt, goss. Sehr emsig. Dann kamen die Terrassenmöbel. Ich sah ihn bisher vielleicht zweimal dort sitzen und entspannen.

Der Mann ist jung, nicht sehr groß gewachsen, trägt meist ein Basecap und wird immer von seinen beiden Möpsen begleitet. Bei der Gartenarbeit trägt er ein schwarzes Tanktop. Dann sieht man seine tätowierten, sehr muskulösen Oberarme. Die Möpse kläffen manchmal, springen um ihn herum. Vielleicht ist er so Mitte 30. Als ich ihn nach seinem Einzug tagelang im Garten wursteln sah, bekam ich gleich ein schlechtes Gewissen, weil auf unserem mehr als zehnmal so großen Grundstück überwiegend Unkraut wucherte. Er

dagegen schnitt sogar mit einer Schere auf Knien seinen Rasen und sammelte den Abfall in einer Klappkiste. Eine ältere Dame auf dem Balkon schräg über ihm beobachtet ihn damals ebenfalls. Ich kannte sie nicht. Vielleicht die Mutter, die in der von mir aus rechten Erdgeschosswohnung in den Ferien die Schreikatze hütet. Sie trug schwarze dauergewellte Haare, einen grünen Kaftan und eine grüne, sehr große und viereckige Sonnenbrille. Sie beugte sich neugierig über die Balkonbrüstung: „Sie sind aber fleißig, junger Mann."
Er blickte vom Rasenschneiden auf: „Seitdem ick getrennt bin, hab ick viel Zeit."
Verlegenheit bei der Kaftanfrau. „Naja, wird schon. Manchmal ist es gut, allein zu sein, aber nicht immer."
„Für mich schon. Muss erstmal zu mir finden. Zeit haben."
Er zischt ziemlich berlinerisch das SCH beim Sprechen.
„Sie sind ja nicht ganz alleine, haben ja die Möpse."
„Jenau."
„Sind ja ganz andere Zeiten heute, was Beziehungen betrifft. Ein ganz neues Zeitalter sozusagen." Die Frau lachte nervös.
„Ja. Jaja." Jetzt wusste er auch nicht mehr, was er sagen sollte. Dafür die Kaftanfrau: „Manchmal ist es auch ganz gut, in getrennten Wohnungen zu leben."
Er: „Wollte ick ja, habe ick immer jesagt."
Sie: „Da kann man sich mal zurückziehen."
Er: „Wollte ick. Denke, dit wäre jut jewesen."
Sie: „Mal für sich sein."
Er: „Eben."
Das Gespräch versiegte. Und ich war grob im Bilde über das Leben des Gärtners.
Jetzt sehe ich ihn also seit Tagen nicht mehr. Und alles nur wegen des Waschzwangs seiner Mitmieter. Was ist da los? Coronahygiene in krankhaften Ausmaßen? Auf jeden Fall wird die Kellerwohnung noch mehr verdunkelt. Ein Synonym für dunkle Zeiten? Absonderlich.
Heute ist der vorerst letzte sonnige Tag des Wochenendes. Carsten und ich pilgern hungrig in die Stadt und finden ein

Frühstücksrestaurant auf einem Hinterhof der Dortustraße. Mit original englischem Frühstück und genau einem freien Tisch. Für uns. Essen macht eben besonders glücklich. Genieße einen fetten Toast mit Bratwurst, Setzei und Bohnen. Dass es dieses Restaurant schon seit 2004 gibt und wir es bisher noch nicht kannten, zeigt mal wieder, wozu so eine Corona-Krise gut ist. Wir entdecken unsere eigene Stadt. Am späten Nachmittag sehe ich den Gärtner-Nachbarn. Endlich. Die Wäsche ist weg. Er trägt weiße Socken in Sandalen. Carsten sagt, das sei jetzt modern. Und er meint es ernst.
Später posten wir meinen Text zum Thema Hetzkommentare und Umgang miteinander vom 20. Mai. Er wird 20-mal geteilt und zigfach kommentiert. Er erhält die meisten Likes der letzten Wochen. Nur einer wird bösartig. Eben genau so einer, wie ich ihn im Text beschrieben habe.

23. Mai 2020

Samstag. In der Nacht hat es gegossen. Mein Balkon ist überschwemmt. Nach dem Kaffee wische ich die neuen Balkonfliesen. Die Zeitung kommt ohnehin zu spät. Bevor ich Mama anrufe, gucke ich im Kalender, was in der vergangenen Woche passiert ist. Leider steht nichts drin. Durch die Gleichförmigkeit der Tage fühle ich mich vergesslicher. Obwohl. Auch wenn ich jeden Tag an einem anderen Ort auf der Bühne stehe, kann ich mich am Ende jeder Woche nur mit Mühe erinnern, was ich erlebt habe. Wie oft frage ich Carsten, wenn er mir einen neuen Spielort und Termin nennt: „Waren wir da schon mal?“ Dann sagt er so Sachen wie: „Ja, da sind die beiden Männer mit den roten T-Shirts!“ und erst dann habe ich wieder ein Bild von der Spielstätte, dem Ort und den Auftrittsbedingungen.
Der Anruf bei Mama bringt keine neuen Erkenntnisse. Wir reden über die Ereignisse der vergangenen Woche, die ohne Corona keiner Erwähnung wert wären, über Bücher, Netflixserien und Papa. Er wünscht sich nichts sehnlicher,

als eine Reise mit der ganzen Familie in seine Geburtsstadt Beuthen. Das wissen wir natürlich. Was wir immer noch nicht wissen ist, wann man in Polen wieder ein Hotel buchen bzw. überhaupt Einlass finden könnte. Dazu die Unwägbarkeit der Unterbringung der Katze meiner Schwester. Nein, ich rege mich nicht darüber auf, dass wir unsere Familienurlaube von Alexandras ungeklärter Katzenbetreuung abhängig machen müssen. Meine Schwester ist eben anders als ich.
Bis Alexandra zwei Jahre alt war, lebte sie bei meinen studierenden Eltern, ich bei meinen Großeltern. 1965 zogen wir als Familie zusammen und lebten in einem Zweifamilienhaus in Bötzow, unter uns die Familie des Dorfpolizisten. Direkt gegenüber gab es einen Sportplatz, auf dem auch mein Vater als Mitglied der Fußballmannschaft „Traktor Bötzow" trainierte, um anschließend in der daneben liegenden Sportlerkneipe die absolvierten Spiele zu „analysieren". Dass sich meine Schwester und ich sofort abgöttisch geliebt hätten, kann ich nicht bestätigen. Das ist halt so, wenn plötzlich zwei Einzelkinder Geschwister werden. Weil die charakterlichen Unterschiede zwischen mir und Alexandra aber bereits als Kleinkinder unübersehbar waren, wird auch die genetische Disposition eine große Rolle spielen. Meine Schwester neigt, anders als ich, zu überschäumender Wut, wenn sie etwas als ungerecht empfindet. Bereits als kleines Kind machte sie sich am ganzen Körper steif, ballte die Fäustchen bis sie zitterte, nur um ihren Willen durchzusetzen. Ich dagegen war schon immer angepasst. Habe meine Wünsche gar nicht abgefragt, sondern mich nach den vermeintlichen und oft auch klar formulierten und autoritär durchgesetzten Wünschen meiner Eltern gerichtet. Oftmals ohne Einsicht, aber mit Angst vor Strafen, Verboten und Nichtbeachtung. Vielleicht ist meine derzeitige weinerliche Verfassung bereits diesen frühen Gefühlen von Angst, Ohnmacht und Abhängigkeit geschuldet. Wenn ich an unsere Kindheit denke, fallen mir

sofort ein paar Geschichten ein.
In unserem sehr hübsch eingerichteten Kinderzimmer stand ein Doppelstockbett. Die große vernünftige Tochter, also ich, durfte natürlich oben schlafen. Mama erzählte uns abends fast immer Märchen. Entweder aus ihrem Leben oder ausgedachte. Aber immer auswendig. Das gefiel uns. Sonntags turnten wir immer mit ihr. Dadurch lernten wir, auf ihren Schultern zu stehen, bogen unsere Rücken in eine Brücke und grätschten unsere Beine in einen perfekten Spagat.
Eines Nachts – unsere Eltern waren oft bei Versammlungen - wurde ich durch lautes Schreien meiner Schwester geweckt. „Ich habe Kartoffeln im Bett“ rief sie unablässig. Ganz selbständig stieg ich die Treppen zur Polizistenfrau hinunter und bat um Hilfe. Dann bezogen wir gemeinsam das Bett meiner Schwester neu, denn sie hatte sich übergeben. Ich war sehr stolz auf mich, fühlte schon mit knapp fünf Jahren eine gewisse Verantwortung für die Jüngere.
Als ich in der 2. Klasse war, zogen wir nach Erfurt. Das war toll für Alexandra und mich. In dem großen neuen Haus, einem Zehngeschosser auf dem Johannesplatz, gab es ganz viele Kinder und Fernheizung. Wir mussten nie wieder Asche wegbringen.
Wenn Alexandra und ich allein waren, verzapften wir immer irgendwelchen Unsinn. So spülte ich mit der Spritze aus dem Doktorspiel-Kasten die schwesterliche Nase, was bei ihr zu spontaner, sehr starker Nasenblutung führte. Das Kind schrie, das neue dunkelblaue Cord-Kleid war versaut. Unsere Erfurter Nachbarin rettete mich. Sie verarzte Alexandra und säuberte das Kleid. Nach diesem Zwischenfall spielten wir harmonisch weiter. Als dann jedoch meine Eltern nach Hause kamen, fing meine Schwester erneut an, herzzerreißend zu heulen und petzte den Vorgang. Je älter Alexandra wurde, desto mehr erspürte sie meine Schwächen. Dass ich immer weinen musste, wenn ich ungerecht behandelt wurde, erkannte sie schnell. Wenn wir stritten, rief

sie solange „Du heulst ja gleich!“, bis es wirklich passierte.
Nach acht Jahren schwesterlichen Zusammenlebens, bestand Alexandra die Aufnahmeprüfung an der Palucca-Schule Dresden. Sie durfte, was ich mir auch wünschte, eine Tanzausbildung absolvieren. Ab ihrem 10. Lebensjahr lebte Alexandra im Internat und wurde zur Wochenendschwester, deren Leben ich aber nicht wirklich teilte, sondern eher aus der Ferne betrachtete. Eigentlich sind wir nicht zusammen aufgewachsen, blieben einander trotzdem ein Leben lang verbunden.

Obwohl meine Schwester schon immer rebellisch ist und offen ihre Meinung sagt, wenn ihr etwas nicht gefällt oder sie es als ungerecht empfindet, weiß ich gar nicht, ob sie schon mal auf einer Demo war.

Carsten und ich wollen heute jedenfalls eine Demo besuchen. Die zweite meines Lebens. Die Clubszene Potsdams, ohnehin nur überschaubar groß, hat für heute eine angemeldet. Für die erlaubten 50 Menschen. Um 12 soll es im Lustgarten losgehen, zehn Minuten vorher ist noch keine Zusammenrottung erkennbar. Wir radeln vor den Landtag, auch dort stehen nur Barberini-Besucher in großem Abstand zueinander quer über den Betonplatz und bilden eine krumme Schlange. Sie warten auf hygienischen Einlass. Für die Monet-Ausstellung in Corona-Zeiten eine Karte zu ergattern ist sehr schwer, um nicht zu sagen ausgeschlossen, wie ich von meiner Brieffreundin weiß, die sich mehrere Tage vor ihrem Besuch darum bemüht hatte.

Im El Puerto trinken wir ein Kaffee. Der Chef des Hauses gießt persönlich die Palmen, die in großen Töpfen rund um die Restaurant-Terrasse aufgestellt sind. Die Corona-Lethargie macht´s möglich, was die Palmen sichtbar freut. Auch Potsdams Weiße Flotte, kurz vor dem Lockdown um ein 4 Mio.- Schiff reicher, kämpft gegen den immensen Einnahmenausfall und mit den Banken, die kein Entgegenkommen zeigen. Von unseren Plätzen sehen wir zwei Polizeimotorräder die lange Brücke entern. Mit

Blaulicht. Verfolgt werden sie von einem Truck der Pirschheidi, einer Disco im ehemaligen Hauptbahnhof der Stadt. Von dem dröhnt Schlagermusik aus schlechten Boxen über die Havel und die ihm folgenden Polizeiautos. Die Clubdemonstranten werden jetzt durch die gesamte Stadt geleitet, bevor sie um 19 Uhr wieder im Lustgarten ankommen und separiert in Bauzaunkäfigen abtanzen werden. Wir haben darauf doch keine Lust und fahren lieber auf den Boulevard, kaufen Spargel und Erdbeeren.
Abends in den Nachrichten nennt man es einen Skandal, dass bisher ein Gebärdenübersetzer bei Pressekonferenzen der Landesregierung fehle. Finde ich auch. Das hätte vielen Lockdown-Nachrichten den Schrecken genommen. Denn das Zeichen für „Virus“ wird folgendermaßen dargeboten: Wie bei Häschen hüpf werden zwei Hörnchen aus den gekrümmten Zeigefingern der linken und rechten, leicht geballten Faust an der Stirn gebildet.

24. Mai 2020

Der April 2020 ist ein Monat, in dem sich nichts bewegt hat, nichts gekauft wurde außer Nahrungsmittel, die Menschen zu Hause blieben, alle Urlaube gestrichen wurden…WELTWEIT. In so einem Monat haben wir, so lese ich in der Zeitung, nur 17% CO2 einspart? Wer hat die restlichen 83% ausgestoßen? Doch nicht etwa ausschließlich die großen Unternehmen? Der kleine Verbraucher war ja in Schockstarre.
Ich denke schon seit etlichen Jahren über die Klimaerwärmung nach. Ich zweifle sie nicht an, nein, sie kommt. Das ist unstrittig. Aber, dass wir, die Homo sapiens, die weisen Menschen, diese Erwärmung aufhalten könnten, halte ich zum einen Teil für größenwahnsinnig und zum anderen für unmöglich in einer auf Wachstum ausgerichteten Wirtschaft. Wachstum scheint eine Religion der Industrienationen zu sein. Das habe ich noch nie verstanden. Ohne Wachstum, so beschwören uns Politiker, Konzerne

und Banken, drohe der Untergang. Arbeitsplätze würden vernichtet, wenn wir nicht mindestens für 3% mehr einkaufen würden als im Vorjahr. Das klingt für mich wie: Mehr essen, aber weniger furzen. Ausreichend Windräder, Mülltrennung, höhere Spritpreise und ein permanent eingeredetes schlechtes Gewissen bei den Verbrauchern werden das mit der Klimaerwärmung schon richten. Oder wie?

Ähnlich sind die Widersprüche beim Umgang mit Corona. Jedenfalls jetzt, wo man doch schon viel mehr über das Virus weiß als am Anfang. Dass es das neue Corona-Virus gibt, ist unstrittig. Die Frage, wie es bekämpft werden kann und damit umgegangen wird, führt zu Streitigkeiten zwischen den Bürgern, den Wissenschaftlern, Politikern und Firmeninhabern. Aber immerhin hat uns der Corona Lockdown eine außergewöhnliche Möglichkeit geboten, unseren Einfluss auf den CO2-Ausstoß zu berechnen. Die größte Minderung desselben lag also im April 2020. Das Erstaunliche: Damit erreichten wir gerade das Niveau von 2006. Und wir müssten jedes Jahr mehrere Monate Lockdown ertragen, damit der Temperaturanstieg auf 1,5 % begrenzt werden kann. Krass, oder? Oder richtiger: Gar nicht möglich.

Statt eines längerfristigen CO2-Lockdowns schlage ich vor, einfach wirtschaftlich nicht mehr zu wachsen. Uns ging es doch auch 2006 schon sehr gut. Und ich weiß auch, wie wir zumindest unseren männlichen Politikern ihre Wachstumsflausen austreiben könnten. Wir sagen ihnen: „Hört mal, ständiges Wachstum ist nicht gut. Nehmen wir mal das beste Stück des Mannes- also jetzt nicht das Auto, ich meine das Denkorgan, das nicht im Kopf ist. Wenn das immer weiterwachsen würde, dann stört es doch irgendwann beim Redenhalten und am Ende wächst es euch über den Kopf!“ Nach dieser Argumentation wird das Klima auf jeden Fall besser. Zwischen Bürgern und Politikern und in der Corona-Krise.

Klimaschock beim ersten Kaffee, gefolgt vom Naivitätsschock bei der zweiten Zigarette. Es gibt so viele Menschen unter meinen Facebook-Bekannten, die permanent zu Herzen gehende Corona-Einzelschicksale ihnen wildfremder Patienten posten. Ich habe immer das Gefühl, dass sie damit ihr Märtyrertum rechtfertigen wollen. Und nicht nur das. Sie wollen auch allen anderen damit sagen: Bleibt zu Hause, rettet Menschenleben, so wie ich! Denn Corona ist so schlimm, dafür kann man schon mal auf ein eigenes Leben verzichten. Natürlich sind Einzelschicksale immer schlimm, wenn sie in dieser epischen Breite journalistisch verarbeitet werden. Aber sie überhöhen auch das eigentliche Problem. Schreib eine Geschichte über einen Unfalltoten, über Krebskranke und du wirst viel Mitgefühl, Umarmungsklicks und vor allem Angst bei den Lesern generieren. Unabhängig davon, wie verbreitet das beschriebene Problem ist und wie groß die Gefahr, dass dich ein ähnliches Schicksal ereilt. Mit diesen Tricks verdienen Versicherungen seit Jahrzehnten sehr viel Geld.
So etwas darf man derzeit natürlich nicht äußern, ohne als empathieloser Mörder beschimpft zu werden.
Ich schiebe diese mich verunsichernden Gedanken beiseite. Ohnehin scheint mein Nervenkostüm im Vergleich zum Anfang der Pandemie stabiler geworden. Obwohl ich immer noch nicht weiß, wann es weitergeht in unserer Branche, obwohl Carsten nicht einen Cent Hilfe, dafür immer noch Terminabsagen und –verschiebungen bekommt, habe ich das Gefühl, es geht bergauf. Und ich habe auch die Hoffnung, dass eine zweite Welle keinen Politiker mehr aus der Bahn wirft. Ein Berufsverbot nach August 2020 würde ich nicht mehr verkraften. Seelisch. Thüringen macht vor, wie es geht. Ab 6. Juni dürfen die Thüringer wieder die Verantwortung für ihr eigenes Leben übernehmen.
Wir gehen spazieren. Heute zum Ruinenberg, da waren wir noch nie. Der Alte Fritz hat sich ein paar Ruinen in die Sichtachse seines Sommerschlosses bauen lassen. Sinnlos

und dekadent, aber sehr idyllisch. Herrlich morbide. Und einen kleinen Sinn gibt es doch: Zwischen den Ruinen befindet sich das Wasserbecken, das die Springbrunnen des Parks Sanssouci versorgt. Im Moment nicht, man sorgt sich wegen der Aerosole. Alles, was feucht durch die Luft fliegt, könnte gefährlich sein. Jedenfalls so lange, wie man keine Ahnung hat.
Hinter dem Ruinenberg entdecken wir ein paar wunderschöne Wohnviertel Potsdams. Zwischen alten Mauern, scheinbar abgegrenzt vom Rest der Stadt, hat man aus historisch anmutenden Backsteinbauten individuelle, ganz besondere Wohnungen kreiert und die Lücken mit hübschen neuen Wohnbauten gefüllt. Wir sind begeistert. Auf dem Weinberg mit Blick über die Innenstadt überrascht uns ein Hagel-Regen-Gewitter. Eine alte Buche und unsere Regencapes beschützen uns vor dem Schlimmsten. Nur wenig später genießen wir in der Sonne vor dem Luisencafé, ein Quarktorten-Highlight-Etablissement, Kaffee und Kuchen und das Wohlbefinden, das sich nach einem Abenteuerausflug obligatorisch einstellt.

25. Mai 2020

Eigentlich gibt es früh um sieben nur Vogelzwitschern auf meinem Hinterhof. Heute Morgen aber brüllt eine Frau. Ich kann sie vom Balkon aus nicht sehen. Sie muss in irgendeinem Haus hinter den Bäumen mir gegenüber wohnen. Schon sehr lange sogar. Und genauso lange scheint sie sehr unglücklich verheiratet zu sein. Denn immer schreit sie ihren Mann an. Heute nicht weinerlich wie sonst. Heute brüllt sie klar und gellend in die morgendliche Ruhe. Ich verstehe nur einen Satz: „Du hast uns wieder das Wochenende versaut!"
Dass ich nicht für sie, sondern ihren Mann Mitleid empfinde, liegt vielleicht daran, dass er nie etwas sagt, scheinbar defensiv alles über sich ergehen lässt. Ich kann nicht abschätzen, wie unglücklich ER mit seiner Partnerwahl ist,

verstehe vor allem nicht, warum SIE sich schon seit Jahren ärgert, ohne etwas zu ändern. Das gilt natürlich auch für ihn. Dabei müsste ich es verstehen. Bevor ich Carsten traf, war ich ja auch mit Männern zusammen, die nicht zu mir passten. Sonst hätten wir uns ja nicht getrennt. Und ich war auch mit Männern liiert, jeweils sogar viele Jahre, obwohl ich in der Beziehung sehr unglücklich war, mich schlecht behandelt fühlte. Später habe ich mich ganz oft gefragt, warum ich keine Grenzen setzen konnte. Bis hierher und nicht weiter. Ich ertrug alles, genau wie die Schreifrau. Manchmal schrie ich auch und weinte, manchmal suchte ich eine Psychologin auf, änderte trotzdem nichts. Ich glaube, wir Menschen neigen zum Märtyrertum. Reden uns die furchtbarste Situation, jeden Übergriff des Partners oder der Politik, die miesesten Lebensumstände schön. Warum? Natürlich, weil wir Auseinandersetzungen scheuen, träge sind, Angst vor Neuem haben und weil wir uns nur schlecht eingestehen können, mit unserer Entscheidung falsch gelegen zu haben. Dumm gewesen zu sein. Das glaube ich jedenfalls für mich.
Heute muss ich einige Verträge ändern, die wegen Corona nicht mehr aktuell sind, das passende Werbematerial raussuchen und bedrucken, bereits gedruckte Flyer, die jetzt nicht mehr gelten, wegschmeißen. Ich ändere Termintabellen, informiere meinen Bühnenpartner, korrigiere die Buchhaltung und stelle fest, dass ich ein wenig aus der Übung bin. Die Routine ist weg, mein Kopf raucht, ich werde hektisch. Zumal Carsten bereits wartet, wir wollen gemeinsam in die Markthalle. Es nieselt, wir laufen trotzdem. Brauchen nicht viel, wollen aber raus. Mit einem Kaffee to go setzen wir uns an die Havel und beobachten unsere Enten, die von einem alten Mann aus dem Wasser gelockt werden. Er sitzt nur wenige Meter von uns entfernt auf einer Bank, stützt sich auf seinem Hackenporsche ab und knistert umständlich ein Brötchen aus einer Papiertüte. Ein Entenpärchen und ein chinesischer, sehr hübscher Entenmann watscheln den Fußweg entlang. Der

Entenfütterer versorgt sie mit großen Stücken seines Brötchens. Das Weibchen springt mit seiner Beute in die Havel, ein Blesshuhn bestielt es. Der Opa kaut jetzt kleine Stücke des Brötchens vor, um sie den Spatzen zu kredenzen, die sich zur Fütterung eingefunden haben. Eine Wasserratte schleicht sich an. Daraufhin zischt der Wohltäter in einer Lautstärke, die Enten und Spatzen unberührt lässt, aber der Ratte Angst zu machen scheint. Prompt verschwindet sie und überlässt das Festmahl den gefiederten Freunden.
Später sitze ich wieder im Arbeitszimmer, mache Verträge und Werbematerial fertig, obwohl es noch Zeit hat. Viel Zeit. Leider. Ich sehe – im Gegensatz zu Carsten- kein strahlendes Licht am Ende des Corona-Tunnels. Vielleicht traut sich der eine oder andere Veranstalter sein Haus zu öffnen? Hygienevorschriften beachtend. Vielleicht. Aber ich befürchte, dass die Angst vor Krankheit und Tod, die auch heute wieder von Herrn Drosten, dem Chefvirologen der Bundesregierung befeuert wird, weil Aerosole das Virus unkontrolliert verbreiten, die meisten meiner Zuschauer davon abhalten wird, in geschlossenen Räumen in einschüchternder Hygieneatmosphäre zuzuschauen, wie die Stimmung einfach nicht in die Gänge kommt. Immerhin heule ich nicht bei dem Gedanken. Das ist doch was.

26. Mai 2020

Heute überrasche ich Carsten mit meinem Wunsch, mit ihm in die Stadt zum Einkaufen zu fahren. Das irritiert ihn. Er muss seinen Plan ändern und weiß genau, dass es nicht so schnell gehen wird, wie ohne mich. Heute dauert es besonders lange. Wir fahren zum Brillenladen, wo Carstens Freund nicht nur meine Brille wieder so einstellt, dass sie nicht mehr die Nase entlangrutscht, sondern mit uns auch gleich noch einen Kaffee trinken will. Auf dem Weg zum Arabischen Eck in der Charlottenstraße treffen wir zwei weitere Freunde aus Carstens Männergruppe. Der eine wird gerade von seiner Frau zum Enkelgeburtstag abgeholt, der

andere muss für das gemeinsame Abendessen mit Gattin einkaufen gehen. Wir sitzen mit dem Brillenfreund beim Kaffee, da kommt schon der Amfußoperiertefreund mit seinem neuen Laufunterstützungsroller angerollt, der ohne Elektroantrieb ist und trotzdem 3000 € gekostet hat. Darum reden wir über die unverschämten Preise für Rollatoren und Dekubituskissen. In dem Moment kommt unser Zeitungsfreund um die Ecke. Darum tauschen wir uns jetzt über Kurzarbeit bei der Zeitung, über die nicht vorhandene Unterstützung der Künstler und verschobene Urlaubsreisen in die USA aus, bis Bella von der Probe aus dem Kabarett kommt, sich zu uns setzt und wir gleich mal unsere Grillen-am-See-Verabredung für Samstag präzisieren können. Zwischendurch winken wir meiner Musikerfreundin, die gerade vom Dienst an der Ballettschule mit dem Fahrrad nach Hause fährt und ich halte meinen Computerfreund durch lautes Rufen vom Vorbeifahren ab, denn wir wollten uns eigentlich bald zum Kaufen eines neuen Laptops für mich treffen.
Das ist mein Potsdam. Sobald die Sonne scheint, trifft man sich, kennt man sich und quatscht ´ne Runde. Einfach richtig schön. Gegen 16.30 Uhr wird Carsten ziemlich unruhig, wir brauchen Hummus und Brot zum Abendessen. Nach dem Einkauf fahren wir nach Hause, um Brot und Hummus zu essen, fernzusehen und abzuhängen. Innerlich entspannt und zufrieden. Auch weil Brandenburgs Ministerpräsident angekündigt hat, dass Veranstaltungen wieder eingeschränkt stattfinden dürfen.

27. Mai 2020

Heute hängt wieder ein Laken vor des Gärtners Miniterrasse und verdunkelt seine Souterrainwohnung. Später rückt er trotz des Lakens seiner handtuchgroßen Rasenfläche mit einem Rasenmäher zu Leibe und schreckt mich aus meinem Mittagsschlaf.
Die größte Freude ereilt mich am Nachmittag. Sweety vom

CLACK-Theater ruft an und bietet mir zu dem verschobenen Termin im August einen zweiten an. Wegen der Nachfrage. Wie toll ist das denn? Meine Zuschauer haben keine Angst. Es dürfen zwar viel weniger Menschen ins Theater als vorher, aber immerhin. Die Clackis sind die ersten, die ab morgen wieder spielen. Seit der Eröffnung ihres hübschen kleinen Theaters vor über 10 Jahren bin ich regelmäßig dort und voll Bewunderung, wie sie das alles ohne staatliche Hilfe und irgendeine Form der Förderung meistern. Sie lieben, was sie tun und das spürt jeder, der einmal in diesem wunderbaren Theater zu Gast war.
Am frühen Abend lese ich auf meinem Balkonsofa einen Krimi, den Mama mir geschickt hat. Wenn ich aufblicke, sehe ich hinter dem Laken die Füße des Gärtners auf seiner Terrasse. Auch er genießt die frische Abendluft.

28. Mai 2020

Ein fauler, sonniger Donnerstag vor Pfingsten. Auch aus der Nachbarschaft ist nichts zu hören und zu sehen. Ich tue ein bisschen so, als würde ich arbeiten. Gucke E-Mails, schreibe Tagebuch. Gut, immerhin schicke ich die Juli-Kolumne für die Events-Potsdam an den Verlag. Diesmal geht es um die Hirnleistung männlicher Lebewesen, wenn sie auf Weibchen treffen. Fruchtfliegenmännchen werden schlauer, Menschenmännchen dümmer. Vor allem bei Blondinen. Beide Spezies neigen zu verstärktem Alkoholkonsum, wenn sie abgewiesen werden. Interessant.
Der Verfassungsgerichtshof hat die Bußgelder für das Nichteinhalten der Abstände und die Kontaktbeschränkungen in Berlin gekippt. Zu ungenau formuliert. Die Virologen zerfleischen sich gegenseitig, weil der Haus-und Hofvirologe Drosten eine Statistik über die Ansteckung durch Kinder unwissenschaftlich auswertete. Herr Drosten sagt heute, die von ihm heraufbeschworene zweite Welle im Herbst könnte ausbleiben, wenn man die Hygieneregeln einhält. Litauen und Estland werden keinen

zweiten Lockdown im Herbst machen, man habe aus dem ersten gelernt. Aus den Meldungen der Medien kann man die offizielle Marschrichtung ablesen. Im Moment wird vor allem über die wirtschaftlichen Folgen geklagt. Das sagt alles. Am frühen Abend hängt ein graues Spannbettlaken vor Gärtners Miniterrasse. Ich werde morgen auch mal wieder die Betten neu beziehen.

29. Mai 2020

Waschtag. Mit Bettwäsche und gleichzeitiger Vorfreude auf unseren Ostseeurlaub in wenigen Tagen. Beim Gärtner auf dem Nachbargrundstück ist das graue Spannbettlaken verschwunden, dafür hängt eine bunte Tagesdecke auf der Leine. Obwohl ich so oft auf dem Balkon sitze, sehe ich nie WER ständig dort Bettwäsche aufhängt. Auch nicht, wer sie wieder abnimmt. Ich kann nur hoffen, dass das gesamte Mietshaus mit seinen neun Parteien diese Wäscheleine nutzt, sonst müsste ich einen Waschzwang des Gärtners vermuten. Oder Inkontinenz. Seiner Möpse. Die hören übrigens aufs Wort oder nicht. Ständig krabbeln sie durch ein Loch des Zauns auf unser Grundstück. Manchmal kommen sie bis zu meinem Balkon und kläffen mich an. Wenn der Hund vom Italiener auf dem Hof ist, kläffen alle durcheinander. Dann doch lieber Kindergeschrei. Der Italiener wohnt links von mir. Also in dem Mietshaus, das parallel zu unserem Hinterhaus gebaut wurde. Dadurch sehe ich ihn selten. Aber ich höre ihn. Wenn er mit Mama in Italien telefoniert, ist das manchmal sehr laut. Aber auch amüsant. Seine beiden Söhne krähen oft über den Hof. Besonders der jüngere. Carsten kann diese heisere Quengelstimme des Kindes nur schlecht ertragen. Kürzlich traf ich den Italiener beim Gassigehen mit seinem Kläffer direkt vor meinem Schlafzimmerfenster. Ich hatte Glück, er telefonierte ausnahmsweise nicht. Wir redeten also. Darüber, dass sein Hund bitte nicht vor meinem Schlafzimmerfenster kacken soll. Dass ich auch einen Enkelhund habe, der in Amsterdam lebt und meiner

Meinung nach schwer erziehbar sei. „Ich kann nicht mal meine eigenen Kinder erziehen, wie dann einen Hund?", sagte der Italiener. Ich musste lachen. Zustimmend.
Heute habe ich zum ersten Mal erfahren, was Chargeback ist. Man kann die mit einer Kreditkarte bezahlten Dinge, zum Beispiel den Flug bei der Lufthansa, bei Stornierung oder Insolvenz zurückfordern. Über das Kreditkarteninstitut. Die kümmern sich dann. Weil die Lufthansa unsere Flüge zwar am 4. Mai storniert hat, seitdem aber nicht mehr erreichbar ist und die ursprüngliche Telefonnummer verschwunden, habe ich heute beim Kreditkarteninstitut angerufen. Sie haben den Fall aufgenommen. Aber auch das kann dauern. Sind ja so viele Fälle. Mal sehen, ob´s hilft.
Einige unserer Fernsehsender sind verschwunden. ARD und ein paar Dritte. Wir gucken mit Antenne und Receiver und seit ein paar Jahren nur öffentlich-rechtliches Fernsehen, weil die Privaten extra bezahlt werden wollen, wenn man terrestrisch guckt. Habe versucht die Sache mit dem Teil-Lockdown der Sender mittels neuem Suchdurchlauf zu reparieren, jetzt haben wir noch weniger Sender. Dafür bezahlt man gern GEZ. Aber ich rege mich nicht auf, bald ist Urlaub und Netflix gibt es ja auch noch.

30. Mai 2020

Heute hängt eine schwarze Decke vor Gärtners Terrasse. Eine riesengroße, um die Ecke gehängte. Heute früh bin ich nicht allein auf dem Balkon. Auch der Nachbar vom Italiener sitzt auf seinem. Eigentlich schläft er länger. Außerhalb von Corona ist er wochentags meist überhaupt nicht da, sondern auf Dienstreisen. Er ist von Kindern genauso genervt wie ich. Als er mir das erste Mal positiv auffiel, saß ich auf meinem Balkon und ölte die Holzfliesen. Mehrere Kinder spielten auf dem Spielplatz Fußball. Grölend und kreischend. Er brüllte plötzlich laut und vernehmlich über die Balkonbrüstung: „Das ist hier kein Bolzplatz!". Ich strahlte ihn daraufhin an und bedankte mich. Das ist bestimmt schon fünf Jahre her.

Mindestens. Da „unsere" Hinterhofkinder von ihren eigenen Eltern scheinbar nie angehalten werden, ihre Spielsachen, Roller, Fahrräder und Klamotten nach dem Spielen wieder wegzuräumen, ist oft nicht nur der Spielplatz, sondern auch der Platz vor meinem Balkon mit Krempel übersät. Auch wenn nur ein einziges Förmchen rumliegt, werde ich nervös. Und irgendwann, wenn keiner mehr draußen ist, gehe ich aus meiner Wohnung durch´s Tor auf den Hinterhof, sammle das Förmchen ein und schmeiße es wütend auf den Spielplatz. Kürzlich, während eines Corona-Konzertes, tat dieser Nachbar das Gleiche. Wütenden Schrittes sammelte er Roller und Kinderklamotten ein, brachte alles auf den Spielplatz, den wir durch den Neubau eines hölzernen Fahrradschuppens glücklicherweise nicht mehr einsehen können.
Ja, wir sind Bruder und Schwester im Geiste. Zumindest, was die schnelle Beleidigung unserer Augen durch Unordnung betrifft.
Kurz nach 14 Uhr kommen Carsten und ich pünktlich in Päwesin an. Bis heute hatte ich noch nie etwas von Päwesin gehört. Das ist ein kleiner Ort im Brandenburgischen mit einem Bäcker, bei dem sich am Pfingstsamstag-Nachmittag eine lange Schlange gebildet hat. Rund um die Schlange sind die Straßen mit Autos vollgeparkt. Man kommt also auch von weiter weg, um hier Kuchen zu kaufen. Dem wird nämlich nachgesagt, er sei geweiht. Von Buddha. Der Bäcker hat sich einem speziellen Glauben verschrieben, ob das was mit Buddhismus zu tun hat, muss Dorfgerüchten zufolge angezweifelt werden. Er nennt sich „seine Heiligkeit" und wohnt in einem Haus inmitten einer großen Tempelanlage. Sagt man. Zu sehen ist von der backsteingepflasterten Straße aus nichts. Nur grün. Viele Menschen sollen in dieser Anlage wohnen und von Hartz IV leben. Ihr Vermögen wurde vorher von der Heiligkeit eingezogen. Flüstert man. Wahrscheinlich Sekte und so. Das kleine Dorf am See ist ansonsten unscheinbar. Trotzdem haben sich ein paar

Berliner Künstler niedergelassen, Scheunen ausgebaut und Schmuckstücke daraus gemacht. Dort nebenan in der Fischerstraße treffen wir uns mit Bella und Ghassi, ihrem Mann, zu Kaffee und Kuchen. Der vom Buddha-Bäcker schmeckt durch seine Weihung allerdings nicht besser, als Bellas vegane Rhabarbertorte. Fest steht für mich: Buddha hat das Wetter schlecht gemacht. Statt Sonne, wie angekündigt, gibt es fette Wolken und kalten Wind. Statt Stand-Up-Paddeln, heißt es Rommee spielen und in Decken einwickeln. Lustig ist es trotzdem. Später wird gegrillt. Bella singt mir ein Lied aus ihrer Solo-Show vor- die erste Musikproduktion dafür ist fertig- und ich bin ganz gerührt. Ist richtig gut geworden. Wir bleiben bis kurz vor dem Erfrieren und sind gegen 22 Uhr wieder zu Hause.

31. Mai 2020
Heute bin ich zu früh wach und lege mich nach dem ersten Kaffee nochmal auf´s Küchensofa. Es hängt keine Wäsche auf der Leine, der Gärtner ist nicht zu sehen. Pfingsten. Vielleicht hat er ja Familie, die er besucht. Oder der Himmel ist einfach zu verhangen, um sich aus der Souterrain-Wohnung zu trauen.
Später laufen Carsten und ich fünf Kilometer durch die Stadt. Wegen Kreislauf. Sonne. Es wird endlich etwas wärmer. Es sieht so aus, als wäre Potsdams Boulevard eine einzige Fressmeile, denn aufgestellte Tische und Stühle der Restaurants und Cafés lassen nur einen schmalen Fußweg zwischen den Häusern frei. Noch fehlen die Touristen. Busse, Kreuzfahrtschiffe, Reisegruppen dürfen noch nicht in unsere fast virenfreie Stadt. Carsten und ich belohnen uns mit Kaffee am Brandenburger Tor. Im Schatten. So warm ist es plötzlich. Am Nachbartisch ein Ehepaar mit dickem Mädchenkind. Klugscheißerblick. Greta-Zöpfe. Ewige Diskussionen, ob nun Biene Maja Eis oder Spaghetti. Apfelsaft, aber mit Strohhalm. In der Wartezeit glotzt das Kind unablässig und starr auf Carsten. Die Eltern gucken vor

sich hin. Ich mag die nicht. Hätten wir wirklich 1,50 m Abstand, würde ich mich besser fühlen.
Am Abend hängt endlich wieder Wäsche beim Gärtner auf der Leine. Eine Garnitur in grau. Bin beruhigt.

JUNI 2020

1. Juni 2020
Ich schlafe zu kurz. Es ist die Aufregung, weil wir heute in meinen Geburtstagsurlaub nach Zingst starten. Außerdem ist Pfingstmontag und Kindertag. Mein Kind hat sich per WhatsApp gemeldet, sie will heute videotelefonieren. Freu ich mich. Zeitung gibt's nicht, also gucke ich FB. Da hat sich Greta wieder zu Wort gemeldet, weil in Deutschland ein neues Kohlekraftwerk ans Netz gegangen ist. Dazu ein ausgesprochen unsympathisches Foto mit verkniffenem Gesicht und Wollmütze. Die Journalisten müssen sich bei dieser Bilderauswahl nicht wundern, wenn die Menschen nichts mehr von Greta sehen und hören wollen.
Unsere Reise ist mein Geburtstagsgeschenk von Carsten. Wir haben vor, diesen Ausflug nach den vier Geschenktagen spontan zu verlängern. Wohin, ist uns erstmal egal, das entscheiden wir wetterabhängig. Alles ist möglich: an der Küste entlang bis Amsterdam und Texel oder Richtung Süden über Halle mit Karl-Lagerfeld-Ausstellung, Buchenwald und Erfurt mit Elternbesuch, dann Bayern. Oder nach Hause. Leider soll eine 10-tägige Regenfront kommen. Aber sicher ist nichts. Meteorologen können nur in 3-Tagesschritten denken. Oder bis zum Weltuntergang durch die Klimakatastrophe. Mehr geht nicht. Meine Urlaubstasche ist zu voll. Wahrscheinlich viel zu viel eingepackt. Ich kann eben nur für Dreitageurlaub oder Weltreise denken. Dazwischen geht rein gepäckmäßig nichts. Eigentlich wären wir bis gestern in LA gewesen. Santa

Monica. Ist aber im Moment keine Urlaubsempfehlung. Plünderungen, Randale, Ausgangssperre. Das Militär wurde gerufen. Aber die Demonstrationen sind richtig. Notwendig. Demonstrationen, die das ganze Land, die ganze Welt erschüttern und hoffentlich etwas bewirken. Weniger Rassismus, aber auch weniger Randale.

Statt Kalifornien heißt es jetzt: Vier Tage im Vier Jahreszeiten -Hotel in Zingst. Kurz nach 12 sind wir da. Die Sonne scheint. Wir dürfen gleich in unsere Suite. Die ist hübsch, aber nicht ganz sauber. Ansonsten wirkt das Hotel gespenstisch wegen der Hygienemaßnahmen. Es ist allerdings nur scheinbar leer. Der Strand, die Dünenwege, der Hafen, die Innenstadt sind voll mit bunten Urlaubern und vielen Radfahrern. Wir laufen über 13 km. Morgen nehmen wir Fahrräder. Abendessen im Sorgenfrei, wir hatten einen Tisch bestellt. Erwartungsgemäß gut. Trügen die Kellner keine Maske, wirkte es genauso wie im Oktober vergangenen Jahres, als wir es entdeckten. Am Nebentisch laute Pärchen. Stammgäste, wie die auf sie wartende Flasche Rotwein verrät. Sie lachen, reden und unterhalten den ganzen Gastraum. Automatisch muss ich an Aerosole und Superspreader denken. Trotzdem sind wir vom Service nicht so begeistert wie beim ersten Mal. Und vom Essen auch nicht mehr so überrascht.

Heimweg entlang des Boddens. Boote, Angler, Schwalben, Möwen, Frösche und Mücken. Auf dem Hotel-Balkon ist es jetzt auszuhalten, die Sonne ist weg. Warum gibt es auf Hotel- Balkons eigentlich nie Sonnenschirme?

2. Juni 2020

Den laut Wetterbericht vorerst wärmsten Tag des Jahres beginnen wir auf unserem Hotelbalkon mit einem frischen Cappuccino aus unserer mitgebrachten Reisekaffeemaschine. Es ist erst 6.30 Uhr und wir müssen durchhalten, sind für den Hygiene-Frühstücksdurchgang um 9.30 Uhr eingeteilt. Wir lesen. Wir duschen. Wir gucken aufs

Handy, wir langweilen uns. Gehen dann zum Edeka umme Ecke, um Milch zu holen. Lange Schlangen, vor allem beim Bäcker. Man darf nur mit Wagen rein, also jeder mit Wagen. Das ist mir zu doof, ich warte draußen. Beim Fleischer ist es auch voll, sagt Carsten. Wahrscheinlich grillen heute alle. Bei unserer Rückkehr steht vor dem Nachbarzimmer ein leer gegessener Frühstückswagen. Das wollen wir auch. Frühstück auf dem Zimmer, ab morgen.
Geht nicht. Da muss man enge Kontakte zur Direktion haben. Der Rezeptionist ist aufgeregt. Sieht meine Augen über der Katzenmaske. Die zeigen: ich bin hungrig und darum wütend. Uns ist halb 10 einfach zu spät, sage ich, wir wollen in den ersten Durchgang. Er will sich kümmern, wir sollen erstmal frühstücken. Wieder Schlange stehen. Alle haben Hunger, der ganze zweite Durchgang. Wir bekommen keinen Platz im hellen Atrium, sondern im zweiten, sehr dunklen Frühstücksraum ohne Außenfenster. Finden unseren Tisch nicht, denn er ist nicht eingedeckt. Carsten sagt, er will sich nicht ärgern, ich ärgere mich trotzdem. Wieder warten. Es gibt eine Platte mit Wurst und Käse, Butter, Brot, Joghurt und Rührei auf Nachfrage. Nach dem ersten Schnittchen hebt sich meine Laune. Sie wird noch besser, als wir erfahren, dass wir ab morgen im ersten Durchgang sind.
Dann holen wir uns Fahrräder, fahren Richtung Zentrum, bummeln. Eiskaffee im Hafen. Dann mit Schattenschirm und nützlichen Utensilien zum Strand. Oben auf der Düne sitzt ein dürrer Opa, gefühlte 90 Jahre alt auf einer Bank in der Knallsonne. Er versucht aufzustehen und stöhnt vor Schmerzen. Ich will ihm helfen. Er will rüber ins Café in den Schatten. Er sei gestern gestürzt, den Hang runter. Ischias. Kann aber nicht laufen. Krallt sich an mir fest. Stöhnt. Steht zittrig. Carsten kommt, übernimmt den Opa und ich schließe die Räder an. Derweil rollt eine Schwester aus dem Pflegeheim einen Rollstuhl den Hang hinauf. Sie sucht einen entlaufenen Patienten. Nicht unseren Opa. Trotzdem bringt

sie ihn mit Carstens Hilfe ins Café. Widerwillig. Seine Bekannten spielen Beachvolleyball, Gabi heißt eine, sagt Opa noch. Am Strand finden wir Gabi, sagen, Opa geht es schlecht. Keine Reaktion. Wir schimpfen.
Dann genießen wir den schönen Tag. Sonne, FKK-Strand, Meer, Buch, Nackedeis. Direkt neben uns gemachte Brüste. Schräg vor uns ein älteres Paar. Beide die gleiche Trapezfigur, die Bäuche werfen Schatten. Ich finde es erholsam, mal normale Menschen zu sehen und mir keine Gedanken um meine tote Katze am Bauch machen zu müssen. Gegen 16 Uhr wird's frisch im Schatten, Sonne haben wir sowieso genug. Trinken noch eine Schorle im Surfer-Café. Sogar im Freien sitzend und mit viel Abstand und Seewind muss man sich auf Zetteln verewigen. Opa sitzt immer noch da, wo Carsten ihn vor Stunden abgesetzt hat. Mittlerweile wieder in der Knallsonne.
Am Abend haben wir Plätze beim Griechen bestellt. Gyros, Tomatenreis, Salat und Tsatsiki. Schnell und lecker. In der Abendsonne gönnen wir uns im Hafen ein hausgemachtes Tiramisu beim Italiener und bestellen gleich einen Tisch für morgen. Die Ostsee ist so voll, dass man nicht auf gut Glück einen Tisch bekommt. Erst recht keinen guten. Zum Beispiel den in der untergehenden Sonne.

3. Juni 2020

Frühes Frühstück, leider ohne Rührei. Früher Start zum wilden Prerower Weststrand mit Leuchtturm, dessen frühes Ende vor Ort auf einer Tafel angekündigt wird. Verursacht durch Wind und wildes Meer wird der Strand in den nächsten 100 Jahren abgetragen. Darum hat das Museum im Turm wahrscheinlich schon zu. Das Restaurant sowieso. Vielleicht auch wegen Corona. Vor dem Leuchtturm stehen drei Arbeiter, die Ellenbogen auf die Ladefläche ihres Kleintransporters gelehnt. Symmetrisch. Noch sind wenige Frühaufsteher hier, immerhin kommt man nur mit dem Fahrrad zu diesem wilden, schönen Strand. Frühaufsteher

sind überwiegend Familien mit kleinen Quengelkindern. Die quengeln. Laut. Als wir unsere Räder zur Weiterfahrt abholen, stehen die Arbeiter immer noch am Transporter. Symmetrische Arme, gerader Blick. Der Nationalpark nördlich von Prerow ist wunderbar: gute Rad-und Wanderwege, tiefer Wald, Blaubeer-Seen und Moosfelder. Vorbei am Zeltplatz, der riesig erscheint und ziemlich bekannt ist, weil dort alle nackig rumlaufen.
Vor über 30 Jahren war ich mal dort. Mit meinem Ex und Klein-Pauli. Wir hatten uns ein 3-Mann-Zelt vom Schwiegervater geborgt. Das muss schon zu Pfadfinderzeiten in dessen Schule gelagert haben, so alt war es. Wir fuhren ohne vorherige Reservierung auf den FKK-Zeltplatz von Prerow. Was viele nicht wussten: Man musste zu DDR-Zeiten für eine Nacht aufgenommen werden. Also nahm man uns auf, es dämmerte schon, war also spät und wies uns für die erste Nacht nur einen Platz am Eingang zu. Dort schliefen wir auf einem Ameisenhaufen. Am nächsten Morgen suchten wir uns einen neuen Standort für unser Pfadfinder-Zelt. Nicht auf Ameisen und unter Fichten, sondern im strahlenden Sonnenschein, auf den Dünen mit Blick zur Ostsee. Ein Traum. Wir stellten uns vor, wie schön es sein würde, wenn wir am nächsten Morgen das Zelt aufknöpften, auf den menschenleeren Strand und das Meer blickten. Es kam anders. Nämlich Wind. Der Wind war so stark, dass er uns noch vor dem Erwachen das morsche Zelt über den Köpfen wegriss. Wir haben das Oberteil nie wieder gefunden, sehr zum Kummer des Schwiegervaters. Für die letzte Nacht des Kurzurlaubes suchten wir uns ein Hotel. Das war für uns alles purer Luxus zu DDR-Zeiten. Einfach so verreisen und Hotels buchen. Wahnsinn. Wir bekamen ein Zimmer mit Zustellbett für Pauli. Natürlich war das auch für sie ein aufregendes Wochenende. So aufregend, dass sie nachts in das hübsche Beistellbett einpullerte. Diese vielen Aufregungen haben dazu geführt, dass ich mich noch heute daran erinnere.

Genauso, wie viele Jahre später - es muss so ungefähr 1995/96 gewesen sein- an einen siebentägigen Gruppenausflug nach Südfrankreich. Wie sollte ich die Bilder auch aus meinem Kopf bekommen? Untenrum nackte Männer spielten auf der Hotelwiese Boule. Im Supermarkt, in dem wir für unseren Aufenthalt im Appartement-Haus einkauften, wühlte eine Frau in den Melonen, die Brüste dazwischen. Genauso groß, nur schlaffer. An der Kasse liefen vor der sitzenden Verkäuferin die Penisse auf Kopfhöhe entlang, an der Bar stand ein praller Herr mit einem Kettchen um den dicken Bauch und einem „Prinz-Albert" am Penis. Wir waren geschockt und amüsiert, denn wir wussten vorher nicht, zu welcher Unterkunft der südfranzösische Freund meines damaligen Chefs, des Intendanten des Potsdamer Kabaretts, uns bringen würde. Wir wollten ans Meer und das so günstig wie möglich. So kam es, dass wir für 10 DM pro Kopf und Nacht mit sieben Personen in einem Appartement des ziemlich großen Hotelkomplexes in einem „Camp Naturisme" eincheckten. Pauli und ich waren die einzigen Frauen und die einzigen Nichtsurfer unserer WG. Aber der Urlaub war großartig: Knoblauch, Küste, Natur, Spaß. Südfrankreich hat wirklich viel zu bieten.
Heute liegen wir auch wieder an einem FKK-Strand. Carsten nackig, ich komplett angezogen. Der Wind ist mir zu kalt. Aber das ist nur eine kurze Pausen-Episode unserer fast 40 km langen Radtour. Denn nach dem wilden Strand finden wir in Prerow das Kulturcafé mit dem spektakulären Buttermilchkuchen mit Blaubeeren und Walnüssen. Dann geht es auf dem Damm zurück bis Zingst. Der Radverkehr hat zugenommen, aber mit unseren E-Bikes überholen wir fast alle anderen mühelos.
Wir fahren weiter zur Spitze der Halbinsel, vorbei am Osterwald, essen Bratwurst mit Kartoffelsalat am Schlösschen und fahren zurück zwischen Bodden und Sundischen Wiesen. Nach sechs Stunden sind wir wieder im

Hotel. Der Po schmerzt bereits.
Abends sitzen wir im Hafen, am Wasser und in der untergehenden Sonne. Es gibt Pizza und Salat. Wir genießen unseren letzten Abend in Zingst. Mein Buch, einen fetten Krimischmöker von Adler-Olsen habe ich ruck zuck durchgelesen. Sowas geht nur im Urlaub.
Keine Ahnung wie es morgen weitergeht. Die blöden Hygienemaßnahmen machen einen Hotelbesuch unerquicklich. Diese Stille inmitten von Maskenmenschen, geschlossene Bars, keine Musik. Ferienwohnungen oder Zimmer sind im Netz schwer zu finden, wenn überhaupt, gefallen sie uns nicht. Oder sind zu teuer. Und die Wetteraussichten, nun ja. Eine riesige Gewitterfront ist angekündigt, dann soll Kälte folgen.

4. Juni 2020
Frühes Aufstehen, frühes Frühstück, Taschen packen, Räder abgeben und losfahren. Wir wollen nach Warnemünde und hoffen auf eine erschwingliche und hübsche Unterkunft für die nächsten 4-7 Tage, in der man sich auch bei Regen wohlfühlen kann. Die Sonne scheint auf den Alten Strom, wir schlendern und shoppen ein wenig und besuchen die drei Zimmervermittlungen der Stadt. Es ist wie vermutet: keine ansehnlichen Wohnungen mehr frei. Oder direkt neben der Baustelle oder extrem teuer. Mit der Öffnung Meckpoms nach dem Lockdown haben alle Bundesbürger sofort hier gebucht. Die Ministerpräsidentin hat sich aber auch wichtig gemacht. Bis zum vergangenen Wochenende wurden alle Straßen nach Meckpom kontrolliert, lange Zeit durften nicht einmal Zweitwohnungsbesitzer einreisen, Fremde wurden von den Ureinwohnern beschimpft, Autos beschädigt.
Wir wollen uns gerade auf die Mauervorsprünge hinter die Glasscheibe des Restaurants am Teepott setzen, um im Netz nach einer Unterkunft zu suchen, da sehen wir das nachlässig an der Scheibe befestigte Verbotsschild. Man darf sich nicht auf den Mauervorsprung setzen. Solche sinnlosen Verbote

machen Urlaub in Coronazeiten unerfreulich. Als ob die Menschen zu blöd seien, sich NICHT dicht nebeneinander zu setzen. Wir finden auf Booking.com ein Ferienhaus in Nienhagen, Hübsch. Soweit die Bilder es zeigen. Jedenfalls das Hübscheste, was wir in den letzten Stunden gesehen haben. Wir rufen direkt dort an. Vor Ort weiß man nichts von freien Ferienhäusern. Jedenfalls ist keins geputzt und kann auch heute nicht mehr geputzt werden. Meine Bockigkeit darüber lässt erst nach, als wir wenig später zur Besichtigung des Ostseebades Nienhagen genau dort anreisen. Carsten hatte noch nie etwas von diesem Ort gehört, ich war schon einmal dort, vor über 40 Jahren.
Als pubertärer Teenager. Ich war 16. Meine Großeltern hatten mich noch einmal in ihren Urlaub mitgenommen. An den Ort kann ich mich überhaupt nicht mehr erinnern. Ja, ich war mit Opa im Gespensterwald, aber der Rest der eventuell schon vor 40 Jahren existierenden Häuser ist aus meinem Kopf gelöscht. Nur ein paar Erlebnisse sind von meiner Festplatte abrufbar. Solche, die damals für mich wichtig oder belustigend waren. Zum Beispiel, dass sich während unserer Urlaubszeit auch eine französische Schülergruppe dort in den Ferien aufhielt. Ich hatte schnell Kontakt zu den Jungs der Gruppe. Fand es spannend, denn immerhin waren sie aus dem „Westen“. So etwas erlebte ich nicht so häufig, eigentlich nie. Außerdem erinnere ich mich, dass ich nur dann bis 21 Uhr draußen bleiben durfte, wenn ich meine Tage hatte. Das war Omas Logik. Damit wollte sie Schlimmeres verhindern. Wenn ich abends in der Unterkunft bleiben musste, also ohne meine Tage, spielte ich mit den Großeltern Canasta und bekam von Oma Zigaretten zugesteckt. Als Trostpflaster.
Auch die Kellnerinnen des Restaurants, die ich frage, ob sie wissen, wie Nienhagen vor über 40 Jahren ausgesehen haben könnte, auch sie haben nicht die leiseste Idee. Ich glaube, hier kann man sich wirklich nur aufhalten, wenn man abends in der Unterkunft Canasta spielen möchte. Fest steht, das

Hotel, in dessen Restaurant wir essen, gab es schon zu DDR-Zeiten. Die Inhaber legen Wert auf originale DDR-Gerichte. Aber in sehr schmackhaft. Wir sitzen als einzige Gäste vor dem Plattenbau ohne Balkons am Tisch und lassen es uns schmecken. Sind geradezu euphorisch, was das Essen betrifft, vielleicht auch, weil Nienhagen ansonsten so enttäuschend ist. Und dann der Knaller: Plötzlich kommen Blumi und seine Frau auf dem Fahrrad angefahren. So sehr habe ich mich lange nicht über ein Wiedersehen mit einem Kollegen gefreut. Blumi ist einer der berühmten Bierhähne, die mit ihrer Comedy in Sachsen nicht nur das Biertheater füllen. Wir haben uns bei der Aufzeichnung einer Silvestersendung des mdr kennengelernt und nicht mehr aus den Augen verloren. Haben sogar zwei Shows zusammen absolviert. Jedenfalls fallen wir uns in die Arme. Was sonst. Ein schöner Abschluss unseres Kurzurlaubs, denn wir beschließen, zurück nach Potsdam zu fahren. Zu Hause ist es auch nicht schlecht, eigentlich ganzschön schön und vor allem günstig. Kaum trinken wir auf dem Balkon den Ankunftskaffee, fängt es an zu regnen, zu donnern und zu blitzen. Alles richtig gemacht.

5. Juni 2020

Ich nutze meinen Nichturlaubstag zum Arbeiten. Zu Hause und Urlaub geht bei mir nicht. Da bin ich irgendwie zwanghaft. In dieser Phase meines Lebens jedenfalls. Eigentlich dachte ich, dieses lästige Verhalten bereits abgelegt zu haben. Dagegen spricht allerdings meine ständige Angst vor eigener Faulheit. Diese bekämpfe ich jetzt mit einem Anruf im Steuerbüro und dem Monatsabschluss für Mai, wobei mir auffällt, dass ich nur eine einzige Barrechnung habe. Ich mache eine Buchbestellung fertig, gehe zur Post und räume die Reisetasche aus.

Erst nachmittags sitze ich wieder auf dem Balkon. Auf der Leine des Nachbargrundstücks hängt ein graues Laken. Dann kommt der Gärtner. Zum ersten Mal sehe ich es: Er

hängt persönlich eine gestreifte und schwarze Decke über die Leine. Beides verbleibt nur kurze Zeit vor seiner Terrasse, dann kommt der Regen.
Rheinland-Pfalz will die Bordelle öffnen. Unter Einhaltung der Hygieneregeln. Ohne Mundschutz nur in arbeitsbedingten Ausnahmefällen. Oralverkehr wird so ein Ausnahmefall sein. Automatisch denke ich: Aerosolschleuder. Vielleicht dürfen die Kulturstätten auch irgendwann wieder mit mehr als zu 30% besetzten Zuschauersälen und damit betriebswirtschaftlich sinnvoll arbeiten? Alles absurd. Aber die Hoffnung ist noch nicht im Lockdown.

6. Juni 2020

Ich werde mitten in der Nacht mit höllischen Kopfschmerzen wach, nehme eine Tablette und schlafe bis um acht. Dann telefoniere ich mit Mama. Mein Vater macht ihr Sorgen. Eigentlich wie immer. Er hat große Angst zu sterben. Seit der Corona-Krise quält er sich mit Bronchitis. Also ständigen Husten, gegen den die Einnahme verschiedenster Hustensäfte nicht zu helfen scheint. Ich sage zu Mama: „Das nervöse Hüsteln hat er schon lange", eigentlich schon so lange ich denken kann.
Als ich mit 10 Jahren im Erfurter Krankenhaus wegen einer Gehirnerschütterung behandelt wurde, die ich mir im Sportunterricht zugezogen hatte, hörte ich zur Besuchszeit immer schon von weitem, ob mein Vater diesmal mitkam. Er hüstelte den Gang entlang. Damals lag ein gleichaltriges Mädchen neben mir. Sie hatte ein offenes Schienbein. Knochenvereiterung und erklärte mir, das sei eine Folge der Grippeimpfung. Damals wurden wir alle regelmäßig in der Schule gegen Grippe geimpft. In dem Jahr mit einer Impfpistole, die als ziemlich innovativ galt. Ich habe mich nach dem offenen Bein der Mitpatientin und einem Wiedersehen nach ein paar Monaten, als ich sehen musste, dass sie in Folge ihrer Erkrankung keine normalen Schuhe

mehr tragen konnte und gehbehindert war, nie wieder gegen Grippe impfen lassen. Überlege aber gerade, ob es vielleicht diese Impfung war, die in Ostdeutschland zu signifikant weniger Corona-Infizierten geführt hat. Wer weiß.
Dann erzähle ich Mama am Telefon von unserem Kurzurlaub in Zingst und von der Künstlerdemo in Dresden, die gestern vor der Semper-Oper stattfand. „Ohne uns ist Stille" war das Motto. Viele, wegen der prekären Lage der Veranstaltungswirtschaft gegründeten, Vereine waren daran beteiligt. Während ich Mama berichte, wie ich dem Verein „SOS For Culture" mit einem Aufrufvideo im April geholfen habe, merke ich, wie meine Stimme wieder brüchig wird. Obwohl ich dachte, ich wäre mental derzeit im grünen Bereich, werde ich bei dem Thema Künstler in Not heulerisch. Immer noch! Ätzend! Ob diese depressive Stimmung irgendwann Auswirkungen auf mein Immunsystem haben wird?
Nach dem Frühstück schlendern wir in Potsdams City und bekommen doch tatsächlich einen Shopping-Anfall. Beide. Carsten und ich geben das Geld aus, welches wir gerade nicht verdienen dürfen oder positiv ausgedrückt: das Geld, welches wir im Urlaub gespart haben. Auf jeden Fall ist das gut für die Seele.
Abends hängen ein grünes Spannbettlaken und weiß blau gemusterte Bezüge und Kopfkissen für ein Doppelbett auf der Leine. Diesmal vermute ich, dass diese Bettwäsche zu dem Balkon mit dem grünen Segel und dem grünen Nähmaschinentisch gehört. Zwei Balkons über Gärtners Terrasse. Ich glaube, dort leben Mutter und Tochter. Habe noch nie einen Mann gesehen. Aber sie sind ohnehin selten draußen. Vielleicht, weil ihr Balkon so vollgestellt ist, dass man nur zu zweit am Tisch sitzen und sich anderweitig kaum bewegen kann. Allerdings sind auch alle anderen, von meinem Garten-Sofa gut einsehbaren, sieben Balkons des Nachbarhauses ziemlich selten bevölkert. Auch die Frau, die ich in einer kalten Winternacht rettete, hatte ich bis zu diesem

Erlebnis noch nie gesehen.
Vor zwei-drei Jahren im Dezember, als ich gegen Mitternacht meine letzte Zigarette auf dem Balkon rauchte, hörte ich aus der Dunkelheit des Hinterhofs ein Rufen und Klopfen. „Hallo?" Es klang weinerlich, ängstlich. Ich holte eine Taschenlampe aus der Küche und strahlte an der Hauswand entlang. Rief, als ich die Silhouette der Frau neben dem Grünen-Segel-Balkon wahrnahm, ob ich ihr helfen könne. Ihr Mann habe sie ausgesperrt, läge jetzt im Bett und würde nicht wach werden, um sie aus der Kälte zu retten. Ich ließ mir seine Telefonnummer geben. Rief an. Es klingelte, minutenlang. Keine Reaktion. Dann lief ich los, um ihn aus dem Bett zu klingeln. Rund um´s Häuserkarree und staunte, wie weit weg meine Nachbarn eigentlich wohnen. Hatte leider meine Brille vergessen, nur die Taschenlampe half mir beim Entziffern der Klingelschilder. Dann klingelte ich Sturm. Mehrere Minuten. Mehrmals. Nach einer gefühlten Ewigkeit ein Knistern in der Gegensprechanlage. „Bitte lassen Sie ihre Frau in die Wohnung", flehte ich. Keine Antwort, nur Knistern. Dann öffnete sich ein Fenster. Ein verschlafener Mann schaute auf mich herab. „Ihre Frau erfriert gerade auf ihrem Balkon!", rief ich nach oben. „Quatsch!", kam es zurück. Dann eine kurze Pause. „Wirklich?" Ich nickte und ging nach Hause. Schaute nochmal in den dunklen Hinterhof. Dort war alles wieder ruhig. Am nächsten Tag klingelte es, ich öffnete die Haustür, da stand der Tiefschläfer mit einem Strauß Rosen in der Hand. Wie nett. „Aber woher wussten Sie, wo Sie klingeln müssen?", fragte ich. „Weil wir wissen, wer Sie sind!", grinste er verlegen. Ich nahm mir spontan vor, nicht mehr im Schlüpfer auf meinen Balkon zu gehen.
Heute ist Samstag. Auf der ganzen Welt gehen die Menschen auf die Straße. Gegen Rassismus. Massenhaft. Anlass ist die ungeheuerliche Tat eines amerikanischen Polizisten, der bei der Festnahme einen Schwarzen tötete. Vor den Augen der ganzen Welt. Das Handyvideo eines Passanten wurde

millionenfach geteilt.
Unser Gesundheitsminister hat andere Probleme. Seit er alleiniger Bestimmer ist, warnt er unablässig vor einem erneuten Corona-Ausbruch, weil die Abstandsregeln nicht eingehalten werden. Jeden Tag wird medial eine neue Corona-Sau durchs Dorf getrieben. Die Forscher suchen vor allem nach Risikofaktoren für einen tödlichen Covid 2 – Verlauf. Zuerst stellte man fest, dass mehr Männer als Frauen sterben, dann stritt man sich, ob Kinder das Virus mehr verbreiten als Erwachsene, die Franzosen entdeckten, dass Raucher weniger gefährdet seien, als Nichtraucher. Einig ist man sich in dem Punkt, dass alte Menschen mit schwachem Immunsystem und Vorerkrankungen- wie übrigens bei allen Krankheiten- eher von schweren Verläufen betroffen sind. Natürlich sollten Dicke besonders vorsichtig sein, in Deutschland auch die Raucher. Seit gestern weiß die Welt, dass Träger der Blutgruppe A-positiv öfter an Corona sterben und seit heute, dass Haarausfall als Risikofaktor gilt. Der Forscher Carlos Wambier geht nach einer Studie davon aus, dass Haarausfall ein Indikator für einen schweren Krankheitsverlauf ist. Der Zusammenhang sei sogar so groß, dass er empfehle, das Vorhandensein einer Glatze als Risikofaktor anzuerkennen. Carsten hat noch Haare.
Wir sitzen auf meinem Balkon. Meine erste Geranie blüht in voller Pracht. Die zweite ist auf dem Weg. Beide habe ich im vergangenen Jahr zum Geburtstag von meinen Eltern geschenkt bekommen und zusammen mit Thymian, Lavendel und Salbei über den Winter gerettet. Die drei Hortensien, die ich zum diesjährigen 59. geschenkt bekam, haben ihre beste Zeit hinter sich. Sie schwächeln. Aber die Gräser, die bisher im Kinderabsperrblumenkasten an der Grundstücksgrenze von ihren größeren Kumpels überwuchert wurden und sich in diesem Jahr erstmals auf dem Balkon im Solotopf entfalten dürfen, die blühen sogar. Lila. Hübsch und üppig.
Das mit dem Überwintern der Pflanzen hat wirklich gut

geklappt und das, obwohl ich bei mir nicht von dem Vorhandensein eines grünen Daumens sprechen kann. Vielleicht klappt es mit dem Corona-Lockout genauso. Für uns. Wir überwintern, irgendwie still, dunkel, fast lautlos. Es fühlt sich kalt an. Aber, wenn es weitergeht, mit vollen Häusern, wenn dieser Winter im Sommer vorbei ist, dann blühen wir wieder. Die ersten Auftritte in den nächsten Monaten sind dann wie der Frühling und nur wenig später folgt der Sommer im Winter. Mit ganz vielen bunten Blüten. Schöner als im Vorjahr. Bestimmt.

7. Juni 2020

Um halb sieben auf dem Balkon summt es. Die Kletterpflanze, die so alt ist wie Carstens und meine Beziehung und unsere Balkons verbindet, blüht. Darum summen darin unzählige Bienen. Denen ist es egal, dass ich die Blüten ziemlich hässlich finde. Am Anfang des Lockdowns hat es frühmorgens immer gezwitschert. Vielstimmig und laut, um dann abrupt zu verstummen. Heute ist Sonntag. Da summt es. Aber ich bin müde. Das Wetter irgendwie auch. Bedeckt, kühl und nieselig. Carsten sagt, wir müssen etwas unternehmen, ich lege mich lieber nochmal auf die Küchencouch. Nach einer Stunde Nachholschlaf scheint endlich die Sonne. Weil die offenen Gärten im Netz nicht zu finden sind- und darauf hätten wir wirklich Lust gehabt- gehen wir in den Botanischen Garten von Sanssouci. Er ist wunderbar! Stille Bänke, alte Gemäuer, Pflanzen aus allen Ländern der Welt. Die meisten blühen jetzt im Juni. Wir setzen uns auf eine Bank und schauen auf die Seerosen im Teich, beobachten unzählige Kaulquappen. Über uns bisher unbekannte Wege stoßen wir auf den Bornstedter Friedhof. Er ist alt, vergleichsweise klein. Wir lesen die Inschriften. Es gibt viele Steine für im Krieg Gefallene oder in der 45-er Bombennacht in Potsdam Verstorbene. Plötzlich stehen wir vor dem Grab der Familie Unverzagt. Inka Unverzagt war meine erste Ballettlehrerin,

als ich nach dem Studium nach Potsdam zog. Eine Frau mit langen grauen Haaren, die auch mit über 80 Jahren noch in den Spagat rutschte. Zwei Ballettschuhe sind in ihren Stein gemeißelt. Dazu steht: „Jeder Tanz hat ein Ende". Die Erinnerung an sie, ihre Beerdigung und das mir so sehr entsprechende Zitat machen mich ganz melancholisch.
Wenn ich an diese Zeit meiner Absolventenjahre zurückdenke, sehe ich alle Ereignisse in düsteren Farben. Kurz nach der Entbindung im Oberlinhaus in Babelsberg erhielt ich mein Diplom und begann im Oktober, frisch von der Handelshochschule an den Maschinenbauhandel Potsdam vermittelt, meinen Dienst als Sachgebietsleiterin in der Abteilung Halbleiter/ Widerstände. Mein Arbeitstag begann früh halb fünf mit einem schreienden Baby, das ich in der mir zugeteilten Kinderkrippe im Grenzgebiet bis sieben Uhr abliefern musste, um dann mit Bus und Straßenbahn ins Industriegebiet zu fahren, mich dort fast zehn Stunden mit dem buchhalterischen Verteilen von knappen Materialien beschäftigte, misstrauisch beäugt von den Kolleginnen, von denen mich keine ernst nahm, um dann meine arme, meist immer noch schreiende Pauli nach Hause zu bringen, eventuell mit einem Stopp im Konsum in der Ernst-Thälmann-Straße. Ich war verzweifelt. So hatte ich mir mein Leben nicht vorgestellt! Als Pauli nach einem Jahr in einen anderen Kindergarten wechseln durfte, sich wohler fühlte und dadurch öfter gesund als krank war, suchte ich mir eine aufmunternde Freizeitbeschäftigung und landete im Pionierhaus bei Frau Unverzagt. Es dauerte nicht lange und ich durfte mit den anderen Tänzern bei öffentlichen Anlässen Charleston und andere Showtänze aufführen. Bald schon wurde ich die Trainerin für die Jazztanz-Gruppe des Bezirkskabinetts für Kulturarbeit, trat dann mit „meinen" Mädels in größeren Shows des Bezirkskabinetts auf und erfuhr wenig später von der Möglichkeit, Profitänzerin werden zu können. Bis dahin war es dann allerdings ein langer Weg mit Auseinandersetzungen, Streit und

Gemeinheiten. Für den Profiausweis war es zunächst nötig, einen Amateurausweis der höchsten Stufe zu bekommen. Die, die uns einstuften, waren Mitarbeiter des Bezirkskabinetts, die kein Interesse daran hatten, uns bei Auftritten mehr zu bezahlen, als bisher. Denn jede Stufe, egal ob als Profi oder Amateur, zog eine bestimmte Höhe des Honorars nach sich. Man stufte mich, trotz meiner Lehrtätigkeit, so niedrig ein, dass eine Profikarriere unmöglich gewesen wäre. Ich intervenierte, erfuhr, dass nur das Kreiskabinett für Kulturarbeit berechtigt war, Amateureinstufungen abzunehmen. Nahm das Angebot einer anderen Institution an, mich fördern zu lassen, bekam ein Jahr Tanzausbildung in Ludwigsfelde bei Angelika Jehmlich finanziert, dazu eine professionelle Choreografie für mich und meine Tanzpartnerin. Dann folgte die erneute Amateur-Einstufung, diesmal mit dem notwendigen Abschluss „ausgezeichnet“, die mir 1987 zusammen mit zwei Kolleginnen und drei neuen Kostümen und Tänzen zur ersten Profieinstufung verhalf. Zur selben Zeit und nach etlichen Briefen an den Generaldirektor des Maschinenbauhandels entließ man mich vorzeitig aus meinem Absolventenvertrag. Ab Mai 1987 tanzte ich als eine der „Cora-Showdancers“ im Varieté Mobil und mein Leben änderte sich von Grund auf. Ich konnte mich tagsüber viel öfter um Pauli kümmern, war viel weniger gestresst, wodurch auch mein Kind ausgeglichener wurde und hatte Spaß am Leben. Wie oft denke ich von mir, ich sei zu faul, zu lasch, stelle mich Anforderungen nicht, wenn sie zu anstrengend werden. Aber wenn ich heute auf diese drei Jahre meines Lebens zurückblicke, muss ich zugeben, dass ich doch recht ehrgeizig bin. Meine Gedanken an diese junge Tati mit ihren Träumen, ihrer Kraft und ihrem Durchsetzungsvermögen machen mich heute noch glücklich. Und auch ein wenig melancholisch.

Die sanfte Melancholie, die mich am Grab der Tänzerin Inka Unverzagt befällt, wird bei unserem anschließenden Besuch

auf dem Krongut Bornstedt brachial zerstört. Da erinnert nichts mehr an Kronen und Könige. Die Gebäude stehen leer und ungepflegt in der Gegend rum. Überall Stühle und Tische, Abstände könnten eingehalten werden. Aber es gibt kein den Besuchern angepasstes Bewirtungskonzept, denn die meisten Restaurants und Cafés haben zu. Im geöffneten Bäcker quält sich eine einzige Angestellte mit Kaffeezubereitung, Kuchenverkauf und Bedienung. Das Geschirr abzuwaschen schafft sie nicht, kann nur noch Pappbecher und Pappteller ausgeben. Ein Angestellter des italienischen Restaurants auf der anderen Seite des Gutes steht in seiner Bude und schreit in unregelmäßigen Abständen Zahlen über den Platz. Wahrscheinlich weil irgendein Essen fertig ist. An unserem Nebentisch streitet sich ein Paar, laut und unschön. Aber der Kaffee schmeckt richtig gut.
Überhaupt hat uns der Ausflug glücklich gemacht und gute Laune beschert. Am Abend gibt es von meinem Liebsten ein Spargelgericht für uns. Danach Tatort. Ein guter.

8. Juni 2020
Heute früh denke ich, nachdem ich das Sudoku nicht lösen konnte, das sei ein schlechtes Omen. Ist es auch. Denn etwas später stelle ich mit Blick auf mein Konto fest, dass die Künstlersozialkasse schon seit zwei Monaten nicht mehr wie angekündigt die Rentenbeiträge abbucht. Die muss man nämlich auch bezahlen, wenn man arbeitslos gemeldet ist. Also suche ich den entsprechenden Bescheid in meinen Unterlagen und denke, mich trifft der Schlag. Meine Mitgliedschaft in der KSK endete am 16. März. Wie kann das sein? Ich zittere, habe Herzrasen und rufe die Servicehotline an. Warte eine gefühlte Ewigkeit, um dann zu erfahren, dass ich bei der Meldung meiner Arbeitslosigkeit ein Kreuz an einer falschen Stelle gemacht habe und damit raus bin. Einfach so. Ohne Nachfrage. Die Widerspruchsfrist sei auch abgelaufen. Ich müsse einen neuen Aufnahmeantrag stellen.

Wer das schon mal gemacht hat, weiß, wie aufwändig das ist. Ich bettle. Bitte um rückwirkende Korrektur. Man fragt bei meiner Bearbeiterin nach. Keine Korrektur möglich, aber ich kann einen formlosen Antrag stellen. Also einfach einen Brief schreiben. Das mache ich sofort. Wenn jetzt alles gut geht, bin ich spätestens ab Juli wieder drin. Natürlich ärgere ich mich über meine Schnelligkeit beim damaligen Ausfüllen des Formulars. Weil ich nicht richtig gelesen habe. Also rede ich es mir schön. Sozusagen als Therapie in der Corona-Krise. Was gibt es also Gutes über die Situation zu sagen, die mir soeben fast einen Herzinfarkt bescherte? Dass ich durch die Arbeitslosenversicherung trotzdem krankenversichert bin. Immerhin.

Meine Exfreundin schenkte mir zum Geburtstag ein Buch. In Anlehnung an „Guten Morgen, Du Schöne" von Maxi Wander heißt mein neues Buch „Guten Morgen, Du Schöner!". Auf dem Balkonsofa in der Sonne beginne ich gleich mit der Lektüre und kann gar nicht mehr aufhören. Geschichten von Menschen haben mich schon immer fasziniert. Spätestens seit ich für TV-Berlin Ende der 90-er in den U-Bahnen, also im Untergrund der Hauptstadt, unterwegs war und wildfremde Menschen interviewt habe. Welch´ faszinierenden und spannenden Geschichten mir da erzählt wurden. Unglaubliche –teilweise. Eine Nonne habe ich nach den Gründen für diese Lebensentscheidung gefragt, einen katholischen Pfarrer, der ein Buch über Frauen las, warum er im Zölibat lebt. Ein frisch verliebter, schwuler Mann erzählte mir, wie es ihm gelingt mit seinem Partner in einer offenen Beziehung zu leben, eine ältere Dame berichtete von den schlimmen Tagen, als sie mit ihren Eltern vor Krieg und Verfolgung flüchtete und ihre Schwester neben ihr im Bett starb. Natürlich haben wir manchmal auch einfach Quatsch gemacht. Von einem Mann, der von der Tanzstunde kam, habe ich mir ein paar Schritte zeigen lassen und mit ihm in der U-Bahn Cha-Cha-Cha getanzt, mit den Kindern einer Schulklasse „Männer sind Schweine" auf dem

Bahnsteig gesungen. Manchmal sind alle Menschen aus einem Waggon geflohen, wenn sie unser Kamerateam einsteigen sahen. Das war eine tolle und sehr interessante Zeit für mich. Darum bin ich auch jetzt fasziniert von den Lebensgeschichten und –ansichten der ostdeutschen, sogenannten dritten Generation, die in meinem neuen Buch zu Wort kommen.
Am Abend trifft sich Carsten wieder mit seinen Kumpels zum Boulespielen. Er wird zweiter. Ich rege mich derweil über die Lufthansa auf. Sie haben immer noch nicht überwiesen, die Hotline ist ständig besetzt. Ich schreibe über FB. Das Online –Serviceteam antwortet sofort, ohne zu helfen. Können sie auch gar nicht. In meine Beschwerde reihen sich viele andere FB-Nutzer ein. Nützt nichts. Schreibe dann eine E–Mail an den Kundendienst der LH, bekomme eine Reaktion mit Referenznummer. Man hat mein Anliegen weitergeleitet. Es ist nervig und anstrengend. Vor allem ungerecht. Ich darf nicht arbeiten trotz Lockerungen und wenn, dann nur vor fast leeren Räumen, die Lufthansa bekommt Milliarden, zahlt nichts zurück, darf wieder fliegen und zwar mit eng besetzten Reihen. Scheinbar macht das Virus einen Bogen um Flugzeuge. Gibt es dazu eigentlich schon eine Studie?
Meine Lieblingsstudie ist immer noch die über Männer in der Corona –Krise. Ausgerechnet diejenigen, bei denen ein Schnupfen schon zu Todesängsten führt, sind jetzt besonders gefährdet. Ja, wir Frauen müssen uns das vorstellen wie eine Geburt. Wer diese durchlitten hat, kann ungefähr einschätzen, wie sich Männer mit Schnupfen fühlen. Und jetzt das: Seit Beginn der Corona-Pandemie zeigen Daten, dass Männer häufiger von einem schweren Verlauf betroffen sind als Frauen. Über die genaue Ursache rätselten Forscher bislang. Nun mehren sich die Hinweise, dass Androgene, also männliche Sexualhormone wie Testosteron, nicht nur beim Haarausfall eine Rolle spielen, sondern auch bei der Fähigkeit des Coronavirus, Zellen

anzugreifen. Jetzt ist der MÄNNLICHE Leiter dieser Studie davon überzeugt, dass Androgene oder männliche Hormone definitiv das Einfallstor für das Virus sind, um in unsere Zellen einzudringen. Solange diese Ergebnisse ausschließlich von männlichen Forschern bestätigt werden, kann ich leider nur an das Männerschnupfen-Phänomen glauben.

9. Juni 2020

In einem Krimi vor ein paar Tagen redete ein Psychologe über kognitive Dissonanz. Er erklärte das so: Das ist das unangenehme Gefühl beim Zigaretteanzünden, weil man weiß, man tut etwas Falsches. Daran muss ich gerade am frühen Morgen beim Anzünden meiner Zigarette denken. Denn ich fühle mich gar nicht schlecht. Würde jetzt noch die Sonne scheinen, fühlte ich mich sogar richtig gut. Ich habe ausgeschlafen, das Sudoku richtig gelöst, Zeitung gelesen und auch sonst hat bisher alles bestens geklappt. Darum google ich kognitive Dissonanz und lerne, dass das Gefühl nur solange schlecht ist, solange für das eigene Verhalten keine befriedigende Rechtfertigung vorhanden ist. Aber man sucht danach, gern mittels selektiver Wahrnehmung. Ich zum Beispiel denke nicht: Oh, Rauchen ist tödlich, sondern: Ich rauche ja gar nicht, ich dampfe. Beim Dampfen ist die Tödlichkeit noch gar nicht bewiesen. Dadurch beseitige ich jedes ungute Dissonanzgefühl. Das muss ich mal mit den Corona-Maßnahmen probieren. Mir die Sache einfach schönreden.

Heute hängen ein hellgraues Spannbettlaken auf der Leine des Nachbargrundstückes und ein hellgrauer Bezug. Dass ich nicht so oft wasche, rede ich mir auch schön. Ich sage nur Klima!

Statt Wäsche zu waschen, kümmere ich mich heute lieber um meinen Reise-Blog auf Facebook. Da ist mangels Reisen nicht viel passiert in den letzten Monaten. Obwohl ich bis Januar 2020 jeden Freitag einen Beitrag geliefert habe. Die letzten Freitage waren es Tagebuchauszüge von unserer

Reise nach Sardinien 2019. Wegen meines lehrerkindhaften Pflichtbewusstseins habe ich gerade vier Posts fertig gemacht. Mit Fotos von unserem Corona-Kurzurlaub in Zingst.
Unsere Exfreunde holen uns ab, wir spazieren Richtung Boulevard. Ich trage Bluse, Pullover und Mantel, ernte einen erstaunten Blick der nur mit T-Shirt bekleideten Nachbarin Anne, die uns auf dem Fahrrad entgegenkommt. Meine Erklärung, wir wollten ja im Freien sitzen, akzeptiert sie. Aber ihre Augen zeigen mir, dass sie es trotzdem nicht versteht. Und ich habe schon wieder ein gewisses Unbehagen. Immer bin ich die, die am dicksten angezogen ist. Nie kann ich meine schicken Klamotten tragen, weil mir sonst kalt würde. Kann man sich das Frieren abgewöhnen? Ich habe es in knapp 60 Jahren nicht geschafft. Wird wohl nichts mehr.
Wir sitzen tatsächlich im Freien, in unserem asiatischen Lieblingsrestaurant, trinken Limonade, essen Thunfisch, Hühnchen und Ente. Wir haben unsere Freunde seit Ostern nicht mehr getroffen und reden über Neuigkeiten in den jeweiligen Familien, Videoproduktionen, mein neues Buch, Krankheiten und Corona. Also über die Unmöglichkeiten und Ungerechtigkeiten der Maßnahmen des Lockdowns. Später trinken wir im Babett noch einen Kaffee und sind um 20.30 Uhr die letzten Gäste.
Bei unserer Rückkehr hängt bunt gestreifte Bettwäsche auf der Leine.

10. Juni 2020

Meine Balkon- Morgenroutine verläuft absolut zufriedenstellend. Die Leine ist leer.
Ich freue mich, dass meine Kreativität zurückkommt. Habe Lust zu schreiben, überlege mit Bella am Telefon, wie ihre erste Show heißen könnte, lache mit ihr über einen neuen Text von meinem Lieblingsautor, beschäftige mich später ein paar Stunden mit meinem eigenen Programm, das ich im Juli

zum ersten Mal wieder aufführen darf. Die Texte sind ganz schön weit weg. Da sind wohl ein paar Proben nötig, bevor ich wieder Zuschauer beglücken kann.
Die Lufthansa antwortet auf meine Mail. Gleich zweimal: an Carsten und an mich. Sie wollen sich beeilen. Wir sind gespannt.
Am Nachmittag kommt mein PC-Freund. Er hat mit Computern zu tun, nicht mit Political Correctness. Eigentlich wollte ich einen neuen Laptop. Einen, der für alles geeignet ist und den ich mit auf die große Reise 2021 nehmen kann. Am Ende einigen wir uns auf eine neue Festplatte und einen Reise-Laptop im nächsten Jahr. Ansonsten erzählen wir viel. Mein PC-Freund ist einer von den Menschen, denen der Lockdown nichts ausmacht. Er mag diese Ruhe und kann trotzdem arbeiten. Carsten kocht für uns alle. Dann sitzen wir noch lange auf dem Balkon. Die Leine bleibt leer.
Bisher ist seit Beginn der Corona-Pandemie ein Vierteljahr vergangen. Drei Monate. Mit dem Beginn des Sommers wächst meine Hoffnung darauf, endlich wieder arbeiten zu dürfen. Eine Perspektive zu haben und selbstbestimmt zu leben.

11. Juni 2020

Am Morgen begrüßt mich ein schöner langer Platzregen auf dem Balkon. Schön auch, weil es trotzdem nicht kalt ist. Nur trübe. Und die Leine ist leer. Obwohl ich gestern in „Schöner Wohnen“ lesen musste, dass ordentliche und reinliche Menschen ihre Bettwäsche einmal wöchentlich wechseln. Ich habe aufgrund dessen zwar ein schlechtes Gewissen, bin aber uneinsichtig.
Nach dem Sudoku gucke ich eine kurze Ansprache von der Kabarettistin Lisa Fitz. Sie ist zu einer Fernsehsendung geflogen und wunderte sich sehr über 30 cm Abstand zwischen potentiellen Virenschleudern im Flugzeug. Wogegen Kultur auf Abstand gehen muss.
Trotzdem starte ich optimistisch in den Tag. Motiviert

schreibe ich an einem neuen Best-of-Programm. Scheint schwierig, aber immerhin bewegt sich mein Kopf. Ich verschaffe mir einen Überblick über zwei meiner Shows und überlege, wie die Themen zusammenpassen können. Carsten findet meinen Pressetext zum neuen Programm „nicht so…", er sei zu altbacken formuliert. Ich finde ihn eigentlich ganz schön gut. Aber ich weiß genau, was passiert: Zuerst beharre ich, dann überlege ich, dann werde ich unsicher, dann ändere ich. Aber jetzt noch nicht.

Jedenfalls ist der Tag voll und auch für die nächsten Tage plane ich Unternehmungen. Am Samstag bringe ich meinen Laptop zu meinem PC-Freund, Montag fahren wir nach Polen, das bereits Samstag die Grenzen öffnet. Wir wollen Zigaretten kaufen und den Helenesee besuchen. Den haben wir vor vier Jahren wiederentdeckt. In meiner Jugend, ich war 15 bzw. 16 Jahre alt, haben ich zwei Sommer mit meinen Eltern genau dort in einem Bungalow verbracht. Für mich waren diese Urlaube eine ziemlich aufregende Zeit zwischen Rebellion und Gehorsam, Hormonausbrüchen und pubertären Unsicherheiten. Als Carsten und ich nun knapp 40 Jahre später eher zufällig am Helenesee anhielten, weil ich bei einem Spaziergang die Orte meiner jugendlichen Vergangenheit aufsuchen wollte, kamen genau diese Gefühle wieder auf. Es war das letzte warme Wochenende im September, wir fast allein auf den DDR-typischen Plattenwegen. Der Zeltplatz hatte sich kaum verändert, genauso wenig wie die Gebäude auf dem Gelände. Das gesamte Areal war immer noch als DDR-Originalschauplatz identifizierbar, der See genauso klar wie vor über 30 Jahren, der Sand gelb und fein. Wir setzten uns an den FKK –Strand, schwelgten in Erinnerungen und fühlten uns plötzlich so jung, dass wir uns unvorbereitet, ohne Handtuch und andere Utensilien einfach auszogen und nackt ins Wasser sprangen. Wir waren die einzigen Gäste weit und breit, wir waren jung und übermütig.

Seitdem fahren wir regelmäßig an den See, jetzt wieder

konservativ mit Sonnenschirm, Decken, Schwimmkissen und Büchern.
Das Buch über die Ostmänner lese ich zu Ende. Das ging schnell. In vielen Geschichten habe ich mich wiedererkannt. Ab und zu liefen auch ein paar Tränen, wurde ich melancholisch. Aber schön. Schön melancholisch.

12. Juni 2020

Beim Gärtner hängt keine Wäsche. Ich gucke Facebook und lese: Brandenburg beschließt, dass es bald größere Veranstaltungen, bis 1000 Personen, im Freien geben darf. Ohne Mundschutz, aber mit Abstand. Wobei mich persönlich ein Mundschutz gar nicht so sehr stört. Aber das nur nebenbei.
Ist das nicht großartig? Vielleicht können wir ab Herbst tatsächlich normal arbeiten. Mit Gewinn. Hat irgendjemand Frau Fritz nicht mehr hören wollen? Oder die vielen Künstler, die mittlerweile Petitionen schreiben, demonstrieren, sich aufregen und von Zukunftsängsten geplagt werden? Gut dass so viel passiert, leider oftmals ohne mich. Ich kann mit meinen Sorgen und Ängsten, mit meiner Wut nicht öffentlich umgehen. Denn wenn ich wütend bin oder mich ärgere, werde ich hilflos. Treten Konflikte auf, in größerem Rahmen, beruflichem oder gesellschaftlichem, lasse ich sie über mich hinwegziehen wie einen Taifun. Ich bin nicht die, die sich dem Sturm entgegenstellt und brüllt. Ich bin die, die Angst hat, ein bisschen in sich hineinheult, sich aber diebisch freut, wenn die anderen dagegen anschreien. Dabei kann Wut oder wenigstens Selbstverteidigung etwas Produktives sein. Daraus kann Schönes entstehen. Aber das habe ich nicht gelernt. Impulsives Verhalten war mir schon im Grundschulzeugnis vorgeworfen worden, als ich das Wort noch gar nicht kannte. Darum passiert mir das nur sehr selten und zufällig.
Zum ersten Mal kam mir eine unüberlegte und impulsive Äußerung zugute, als ich mich mit dem Chef von TV

München in Berlin traf. Bis dahin hatte ich ein Jahr bei P-Plus, einem kleinen Potsdamer Sender nebenberuflich versucht, als Nachrichtensprecherin und Moderatorin zu arbeiten. Vor allem aber, es zu lernen. Dann ging der Sender pleite. Genau wie der Stadtsender 1A in Berlin. Den wollte die Kirschgruppe übernehmen. Sie hatten Erfahrungen mit Stadtsendern, betrieben einen in München und einen in Hamburg. Bei dem Münchner Sender lief übrigens „Blondes Gift" mit der noch unbekannten Barbara Schöneberger. Auf diese Sendung wurde ich aber erst aufmerksam, nachdem mein späterer Kollege Achim Geimer bei ihr zu Gast war. Er brachte mir ein Video „seiner" Sendung mit. Barbara fragte ihn nach seinem Tattoo auf dem Oberarm, ob er sich der Bedeutung der chinesischen Schriftzeichen sicher sei. Immerhin könnte dort auch „Ente süß-sauer" stehen. Darüber habe ich damals sehr gelacht.
Aber zurück ins Foyer eines Hotels am Gendarmenmarkt, wohin ich aufgrund meiner Bewerbung vom Fernsehchef von TV-München eingeladen worden war. Das war 1996. Damals schüchterten mich dieses teure Hotel, die Selbstverständlichkeit, mit der der Chef dort agierte und die Angst vor meiner eigenen Courage ziemlich ein. Obwohl er nett war, dieser junge Mann mit offenem Hemdkragen und Jackett. Ihn hatte vor allem mein sehr gutes Abitur beeindruckt. Jedenfalls fragte er mich nach kurzem Small Talk beim Kaffee, ob ich nicht Lust hätte, als Reporterin in Berlin unterwegs zu sein. Die Vorstellung, bei jedem Wetter draußen rumzulaufen, widerstrebte mir spontan. Ich sah mich eigentlich in einem Studio, hübsch geschminkt, eine unterhaltsame Sendung moderierend. Das sagte ich ihm auch. Spontan und ohne darüber lange nachzudenken. Mhm, meinte er daraufhin, das sei schade. Dann müsse er nochmal nachdenken und ich sicher erst zu einem Casting kommen, bevor er sich endgültig für mich entscheide. Ich nahm es hin, was sollte ich auch anderes tun. Eine Woche später erhielt ich eine VHS. Darauf eine Call-In Sendung für Singles vom

Münchner Sender. Ob ich mir so etwas vorstellen könne. Mit Anrufern im Studio über das Leben und die Liebe zu reden. Ich war begeistert. Am 7. September 1996 ging es los. Ohne Probe, frei von jeglicher Ahnung in diesem Geschäft und umringt von vier Kameras saß ich an meinem Schreibtisch und redete drauflos. Eine ganze Stunde lang. Noch als ich nach Hause fuhr, hatte ich so viel Adrenalin im Blut, dass ich mich wie auf Droge fühlte. Obwohl ich bis heute gar nicht weiß, gar nicht wissen kann, wie man sich da fühlt. Ich war wach, das Herz hüpfte. Nach wenigen Sendungen bot man mir noch eine Interviewsendung in der U-Bahn an. „Subway-Gespräche im Untergrund". Bis heute mein absolutes Lieblingsformat. Ich kündigte beim Potsdamer Kabarett meinen Bürojob und wurde hauptberufliche und freischaffende Fernsehmoderatorin. Passte mich trotzdem an, tat, was man von mir verlangte. Ließ mir sogar auf Anraten der Kostümbildnerin des Senders die Haare kurz schneiden.
Und es gab ein zweites Impulsiv-Ereignis, dass mir weiterhelfen sollte: Es geschah nach meinem allerersten Fernsehcasting in Leipzig, als man mich tatsächlich sechs Monate später anrief und nach Brüssel einlud. Der MDR wollte mich, die einzige dunkelhaarige Kurzhaarfrisur unter den Anwärterinnen, als Moderatorin für Telebingo, die neue Lottoshow im Sendegebiet. Böse Stimmen behaupteten später, ich wäre nur deswegen ausgesucht worden, weil der Unterhaltungschef diese Sendung nicht befürwortete, sondern übergeholfen bekam. Von seinem Vorgesetzten. Darum hätte er sich für die Moderatoren entschieden, die aus seiner Sicht beim Publikum nicht ankommen würden. Jedenfalls waren mein Kollege und ich nach Belgien gereist, trafen dort die Chefs der Produktionsfirma und die Mitarbeiter einer Agentur, die für die genaue Umsetzung des Formats zuständig waren. Gemeinsam wollten wir uns die Produktion dieser Lotto-Show in Belgien anschauen. Dort wurde die Sendung zuerst mit dem flämischen Team, dann

mit dem französischen aufgezeichnet. Am Rande erstaunlich für mich, dass das Publikum, das technische Team und die Moderatoren der unterschiedlichen Bevölkerungsgruppen so geschleust wurden, dass sie keinen Kontakt miteinander haben konnten. Ich vermutete: haben wollten. Sie wurden separiert, kein Franzose hatte Kontakt mit einem Flamen und umgekehrt. In der französischen Tele-Bingo-Variante gab es die auch für MDR/ NDR / ORB und SFB geplante Doppelmoderation. In dieser Variante fungierte die langhaarige Blondine im Minirock allerdings als Staffage. Sie moderierte nicht, sie sagte Zahlen an. Als mir das bewusst wurde- wir standen alle zusammen hinter einer Glasscheibe mit Blick auf das Geschehen- platzte es aus mir heraus: „Sowas mache ich nicht. Ich denke, ich soll moderieren?" Im selben Moment wurde mir bewusst, dass diese Empörungsäußerung dazu führen konnte, dass sich mein Traum, endlich eine große Sendung zu moderieren, nicht erfüllte. Um mich herum wurde getuschelt. Zwischen der Geschäftsführerin der Produktionsfirma und der Verantwortlichen der Agentur. Mein Herz schlug bis zum Hals. Mein Kollege Achim Geimer sandte mir einen mitleidigen Blick. Sonst kam keine Reaktion auf meine Äußerung. Erst am Abend, als wir alle gemeinsam in einem Restaurant in Brüssels City saßen, flüsterte mir die Chefin der Produktionsfirma zu, dass sie das genauso sah wie ich. Eine Moderatorin sollte auch moderieren. Und so kam es dann auch. Von Oktober 1998 bis Dezember 2005 wurden Achim Geimer und ich zum Moderatoren-Dreamteam.

Meine Angst, Entscheidungen zu treffen und vor anderen, insbesondere Vorgesetzten, angstfrei zu vertreten, versuche ich nun seit Jahren zu überlisten, indem ich mir vorher überlege, ob ich im Zweifel mit der vermeintlich schlimmsten Folge meiner Äußerung leben könnte. Leider werden mir im Moment 90 % möglicher Entscheidungen abgenommen.

Darum telefoniere ich jetzt mit Pauli. Sie kommt bald mit

Enkelhund Lemmy zu Besuch und ich platze fast vor lauter Vorfreude. Pauli erzählt, dass ihr Vertrag in der Agentur um drei Monate verlängert wurde, wogegen 80 ihrer Kollegen wegen Corona gekündigt wurden. Schlimm. Und erst der Anfang. Weltweit.
Auch am Abend hängt nicht ein Stück Wäsche auf Gärtners Leine.

13. Juni 2020
Samstag. Mamatelefonsamstag. Heute spreche ich bei der Gelegenheit auch mit meiner Schwester, die in Erfurt gerade auf Wohnungssuche ist, mit Papa, wegen unserer gemeinsamen Reise in seine Geburtsstadt Beuthen, die er sich von Herzen wünscht und möglichst schnell in die Tat umsetzen möchte. Ich sage ihm, was ich gerade gelesen habe: Obwohl die Grenzen nach Polen heute Nacht mit großer Party und Handschlag wieder geöffnet wurden, ist Schlesien derzeit ein Corona-Hotspot.
Nach dem Frühstück fahren wir an diesem schwülen Frühsommersamstag per Rad Richtung Babelsberg. Vorbei an dem neu eingeweihten Spielplatz für Kinder und Erwachsene gegenüber dem Potsdamer Hauptbahnhof gelegen, den wir uns eigentlich genau ansehen und vielleicht sogar einweihen wollten. Aber er liegt in der prallen Sonne. Noch fehlen schattenspendende Bäume. Darum radeln wir weiter, entlang der mit Tret- und anderen Booten gesprenkelten Havel bis Nowawes, dann zurück in die City. Auf dem Boulevard sehen wir, dass die Frau von Familie Grün ihren Kopf verloren hat. Das macht uns fassungslos und wütend. Sie war doch gerade erst neu aufgestellt worden! Pünktlich, weil kurz vor dem Wetterwechsel, sind wir nach einem Eiskaffee im Café Heider wieder zu Hause. Dann rauscht das den ganzen Vormittag angekündigte Unwetter, das früher Gewitter hieß, über Potsdam. Der Regen bleibt bis in die Nacht. Die Balkonblumen bekommen schwere Wasserköpfe und lassen sie hängen. Unser heutiger Traum

von dem seit Wochen ersten Glas Wein in einer lauen Sommernacht auf unserem Balkon wird im Regen ertränkt. Das graue Laken, das nachmittags noch auf der Leine hing, liegt jetzt traurig auf Gärtners Terrassenmöbel ausgebreitet im Schutz des Balkons darüber. Ist er vielleicht doch nicht nur Gärtner, sondern auch Bettwäsche-Wäscher?

14. Juni 2020

Ein normaler Sonntag. Keine Zeitung. Das vermeintliche Laken, das nachts auf den Gartenmöbeln lag, hängt wieder auf der Leine und entpuppt sich bei genauerem Hinschauen als Decke mit halbkreisartig ausgeschnittenen Kanten. Wie eine übergroße Borte. Der Gärtner hockt dahinter, ich kann seine Beine sehen.

Carsten hat vor ein paar Tagen von seinem Balkon aus beobachtet, dass einer von Gärtners kleinen Kläffern durch den Zaun schlüpfte, um auf die Wiese vor meinem Balkon zu kacken. Der Gärtner passte nicht durch das Loch im Zaun, schaute hilflos zu. Mein ordnungshütender Nachbar, der auch immer das Kinderspielzeug aus dem Weg räumt, chillte beim Ausbruch des Gärtner-Mopses auf seinem Balkon. Normalerweise müsste er arbeiten, hatte aber lange vor Corona ein Sabbatjahr genommen, um durch die Welt zu reisen. Jetzt musste er es nehmen, ob er wollte oder nicht. Darum hat er jetzt genauso viel Zeit wie wir. Vom Balkon aus erklärte er dem Gärtner den langen Weg um das Häuserkarree und betätigte später auch den Summer. Der Gärtner kam mit Plastetüte, sammelte die Hundekacke ein und ging wieder. Den ganzen langen Weg zurück. Er ist mir sehr sympathisch.

Gegen halb acht kläfft der italienische Hund. Dann kräht das dazugehörige Kind. Der Tag beginnt. Er ist trüb, aber warm. Nach dem Frühstück sauge und wische ich meinen durch das Gewitter in Mitleidenschaft gezogenen Balkon. Papa schickt mittags eine WhatsApp. Er will in diesem Jahr doch nicht nach Beuthen fahren. Ich bin schockiert. Das tut mir für

meinen Vater so leid. Rufe an. Er erklärt sachlich, dass er keinen und auch nicht sich selbst in Gefahr bringen möchte. In Schlesien seien ja tatsächlich sehr viele Menschen infiziert, alle Kohlegruben wurden geschlossen. Das Virus scheint sich unter Tage besonders wohl zu fühlen. Wir buchen für unseren geplanten Erfurt-Besuch Anfang Juli spontan eine Nacht mehr.
Um die träge Sonntags-Zeit totzuschlagen, gehen wir spazieren. Hinterhöfe gucken. Gleich auf dem ersten Hinterhof von Potsdam-West treffen wir Theo. Das ist der Mann des Potsdamer Arbeitsamtes, der nach der Wende für Künstler verantwortlich war. Er hat mir meine erste ABM-Stelle in der Besucherbetreuung Sanssouci vermittelt, dann eine Fortbildung zur Tourismus-Assistentin, die ich mit seiner Hilfe vorzeitig wieder abbrechen konnte, um beim Potsdamer Kabarett als Pressesprecher einzusteigen. Er ist Besitzer eines Mehrfamilienhauses in unserer Straße. Bei ihm kostet ein Quadratmeter Wohnfläche nur 3 € kalt. Hammer! Im Hinterhof hat er einen recht großen Garten mit viel Rasen, Blumenrabatten und Mini-Springbrunnen. Er und seine Frau unterbrechen die Gartenarbeit, als sie uns bei unserer Hofbesichtigung entdecken. Wir setzen uns auf eine Gartenbank und reden über alte Zeiten. Über die Künstler in Potsdam, die Kabarettisten des Potsdamer Kabaretts damals und heute. Als mein PC-Freund anruft, muss ich spontan daran denken, dass Theo auch ihm als Studenten einen kleinen Job vermittelt hat. Für die Talkshow „Vera am Mittag“ wurden immer Zuschauer gesucht. Wenn nicht ausreichend Besucher freiwillig kamen, hat Theo für 80 DM p.P aufgestockt. Manchmal waren die bezahlten Zuschauer kurzfristig nicht mehr nötig. Das passierte eben, man war darauf vorbereitet. Ein Redakteur rief dann in die wartende Menge: „Reisegruppe Müller“ bitte hier entlang!“. Dann konnten die AA-Zuschauer nach Hause gehen, bekamen ihr Geld aber trotzdem. Das waren Zeiten! Damals gab es in Deutschland täglich 16 Talkshows auf verschiedenen

Sendern. Zwischenzeitlich habe ich einige der damaligen Showtalker persönlich kennen gelernt. Pilawa beim Riverboat im MDR und Vera bei der gemeinsamen Moderation einer Aids-Gala in Wittenberg. Sie ist eine sehr offene und bodenständige Kollegin und erzählte uns, also Carsten und mir, dass sie damals genau rechtzeitig ihre Produktionsfirma verkauft hatte. Nur ein halbes Jahr später wurden fast alle dieser Shows abgesetzt. Die Daily-Talk-Zeit war vorbei.

Theo ist herzerfrischend und fröhlich. Es macht Spaß mit ihm zu quatschen, aber wir müssen weiter. Mit dem Fahrrad radeln wir nach Babelsberg und holen meinen mit frischer Festplatte versehenen Laptop ab. Auf dem Rückweg nach Hause, mittlerweile brennt die Sonne unbarmherzig, trinken wir einen Kaffee und essen den weltbesten selbstgebackenen Kuchen in einer Eisdiele gegenüber dem Babelsberger Rathaus.

Den Rest des Nachmittags sitze ich an meinem schönheitsoperierten Laptop und bin begeistert. Er läuft wieder wie ein junges Reh. Spektakulär.

Heute gibt´s Fisch, Tatort und eine frühe Nachtruhe. Morgen früh muss ich um sechs aufstehen. Carsten auch. Wir haben Reparaturtermin wegen des Parkschadens an unserem Auto.

15. Juni 2020

Die Nacht war ätzend. Ich bin zu alt, um früh aufzustehen. Natürlich war ich bereits 22 Uhr ins Bett gegangen. Ich wusste ja, dass unser Auto schon um sieben in der Werkstatt sein muss. Aber mein Körper hat sich verweigert. Er will so einschlafen wie immer. Nicht vor zwölf. Als der Wecker klingelt, bin ich müde und durchgeschwitzt. Wir bringen das Auto nach Babelsberg und bekommen einen riesengroßen Ersatzwagen. Mit dem Mietwagen reisen wir Richtung Frankfurt/ Oder. Die Autobahn ist leer. In Slubice gibt es ausreichend Zigaretten von unserer Sorte. Erstaunlich und

günstig. Der Zloty hat wohl an Wert verloren. Der große Besucheransturm bleibt aus. Das ist schade für die Polen.
In Frankfurt frühstücken wir auf dem Markt. Die Kellnerin erkennt mich an der Stimme, sagt sie. Dass mich heute von vier getroffenen Menschen zwei erkennen, finde ich schön. So etwas passiert, wenn ich privat unterwegs bin, normalerweise selten. Aber die Zeiten sind nicht normal. Ich glaube, es liegt am coronabedingten Kultur-Entzug. Dann treffen wir Madeleine, eine Kollegin des ansässigen Kabaretts, die sich kurz zum Quatschen an unseren Tisch setzt. Später stehe ich am Eingang des Kabaretts „Die Oderhähne“, welches direkt gegenüber unserem Frühstückscafé im Rathaus untergebracht ist. An der Tür informiert ein roter Zettel darüber, dass nichts stattfindet. Die Spielpläne von Mai liegen aus. Mit meinem Bild obendrauf. Nicht eine der Veranstaltungen, die darin beworben werden, hat stattgefunden. Vor der Eingangstür sind bunte Steine ins Pflaster eingelassen. Sie bilden das Wappen von Frankfurt mit einer goldenen Hinweistafel, ein Geschenk anlässlich des 750. Geburtstages der Stadt. Automatisch denke ich an den 725. Geburtstag Frankfurts.
Das muss 1978 gewesen sein. Unsere Familie wurde dazu eingeladen. Mein Vater kannte den Bürgermeister, dessen Dackel mich bei unserem Besuch total faszinierte. Immer, wenn man ihm eine West-Seifen-Verpackung zuwarf, wälzte er sich stundenlang darin. Er liebte diesen Geruch, wie im Übrigen alle DDR-Bürger, die diese Verpackungen auch gern im Kleiderschrank zwischen der Wäsche deponierten. Damals gab es einen großen Festumzug, den ich aber schwänzte, weil ich mich mit einem hübschen Jungen aus Eisenhüttenstadt in einer Seitenstraße traf. Er hieß Micha und ich hatte ihn in unserem vorjährigen Urlaub am Helenesee kennengelernt.
Carsten und ich sind bereits 10.30 Uhr vor Ort, der Oststrand ist geschlossen. Am Haupteingang erfahren wir, dass man auch von hier aus zum Oststrand kommt. Wir sind

erleichtert. Denn wir wollen zum FKK. Um diese Uhrzeit sind die Strände des Sees ziemlich leer. Erst seit ein paar Tagen ist hier überhaupt wieder geöffnet. Wir bauen die eigens für See- und Meerbesuche angeschaffte Ausrüstung auf, bestehend aus Sonnenschirm, aufblasbaren Kopfkissen, portablem Strandaschenbecher und Reisehandtüchern. Liegen rum, baden sogar ein bisschen im frühlingshaft kalten Wasser, lesen und besuchen die Aloa-Bar, um Pommes zu essen und Eiskaffee zu trinken. Wunderbar. Am Nachmittag haben die Temperaturen mit 26 Grad ihren Höhepunkt erreicht, wir sind schon ein bisschen gerötet und fahren wieder nach Hause.
Ich weiß nicht, wann wir es zum letzten Mal getan haben, aber heute ist es nach langer Zeit wieder soweit. Wir essen auf dem Balkon, genießen den lauen Sommerabend, reden und trinken sogar ein Glas Wein dazu.

16. Juni 2020

Zwei Kissen und zwei Bezüge hängen auf der Leine. Türkis-schwarz-weiß gestreift. Das Laken dazu auf dem Wäscheständer. Die Sonne scheint. Es ist still auf dem Hof. Ich bin guter Dinge. Denn mit der Zeitung kam die Mitteilung der Künstlersozialkasse, dass ich drin bin. Wieder und rückwirkend. Kostet zwar knapp 400 € Rentenversicherung für die letzten Wochen, aber immerhin. Keine langwierige Neubeantragung. Diese Kasse ist so wichtig für Künstler, denn sie übernimmt die Arbeitgeberbeiträge für alle Sozialversicherungen.
Später besuche ich Carsten auf seinem Balkon. Von dort-eine Etage über meiner Wohnung- kann man den Hinterhof besser überblicken. Ich schaue nach links. Die Terrasse der Familie des Ostergeburtstagskindes, nennen wir sie mal Schulze, ist mit Holzpalletten, Kissen, Whirlpool, Aquarium und anderen Dingen vollgestellt. Der Familienvater nennt das Lounge. Dort gab es gestern eine Party. Ich vermute zur Feier der Lockerungen in Brandenburg. Die

Kontaktbeschränkungen wurden aufgehoben. Bei Einhaltung des Abstandes. Einer der Gäste rief bei seinem Eintreffen: „Komm, ich drück dich. Bin immun!"
Der Blick nach rechts zeigt, dass der Gärtner nicht da ist. Nur seine Wäsche. Sonst sieht man nichts. Der Sabbat-Nachbar ist schon seit ein paar Tagen nicht mehr auf dem Balkon, die Kinder scheinen alle untergebracht, die Erwachsenen arbeiten. Anders ist die Menschenleere und Ruhe nicht zu erklären. Corona scheint verschwunden.
Ich gehe an meinen Schreibtisch und schreibe. Was sonst.
Meine Sportfreundin sorgt heute dafür, dass ich mich als weniger bauchschwabbelig empfinde. Natürlich hätte ich sie auch vergangene Woche bemühen können bzw. mich, aber ich hatte keine Lust. Ursprünglich war ja Urlaub angesagt, den wir dann doch aus Hygienezwangsmaßnahme-Gründen in Hotels und Mondpreisen für hässliche Ferienwohnungen absagten. Mit den Sportverweigerungsfolgen muss ich jetzt klarkommen. Am Nachmittag überfällt mich wegen eng sitzender Hose ein Shoppinganfall. Ich suche im Netz, fülle die Einkaufstasche, warte kurz auf Kaufreue. Die kommt, bevor ich bestelle. Dann gucke ich in meiner Kiste in der Kammer mit der Aufschrift: „Gut, aber derzeit ungetragen" und finde eine ausreichend weite und schicke Hose. Eigentlich zwei. Außerdem durchsuche ich meinen Kleiderschrank, stelle fest, dass ich eigentlich viel zu viele kaum getragene Klamotten besitze und lösche den Einkaufskorb. Ich bin sehr stolz auf mich.
Wenn das kein ereignisreicher Tag war!

17. Juni 2020

Eigenartig. Schon wieder hängt am frühen Morgen die Decke mit den halbkreisartig ausgeschnittenen Kanten auf der Leine. Die wurde doch erst vor drei Tagen gewaschen. Was macht der Gärtner damit? Ein weißes Laken hängt daneben. Die Pflanzen auf meinem Balkon blühen und wuchern in diesem Jahr, als ob es keine Schädlinge und Pilze gäbe. Dabei

sind alle, bis auf die Geburtstags-Hortensien, deren Blüten sich gerade von rosa und weiß in grün verfärben, schon mindestens ein Jahr alt. Von den meisten meiner Pflanzen kenne ich noch nicht einmal den Namen und trotzdem machen sie mir und unzähligen Bienen, Hummeln und anderem Getier eine große Freude. So eine Blühpracht habe ich noch nie erlebt, was mich eigentlich in meinem langen Leben zu der Einsicht brachte, ich hätte keinen grünen Daumen und mag Gartenarbeit ohnehin nicht sonderlich. Wenn die Bauern auch in diesem Jahr wieder meckern, verstehe ich die Welt nicht mehr. Sogar Regen soll es in den nächsten Tagen geben.
Heute ist der vorerst letzte richtige Sommertag und wir fahren mit unserem Ersatzenkel und für uns alle zum ersten Mal auf Karls Erdbeerhof. Ich freue mich, obwohl mir der Gedanke an Unternehmungen in der Nacht davor meinen Schlaf raubt. Da die Körper meiner Eltern ähnlich reagieren, schiebe ich meine geistigen und körperlichen Handicaps bei Aufregung auf mein Alter. Immerhin ist es eine positive Aufregung. Für mich und Klein-Willy. Nicht für Carsten. Der macht es aus Liebe.
Wir sind zu früh fertig, Willy schon seit gestern aufgeregt. Er wollte sich unbedingt besonders schick anziehen, hatte eine winterwarme Hose in grün aus dem Schrank genommen, die er bereits bei der Hochzeit seiner Eltern trug. Das konnte zum Glück erfolgreich abgewendet werden, denn der Tag wird heiß. Wir starten halb zehn, sind eine halbe Stunde später vor Ort. Aufgrund der Corona-Misere, dazu an einem Mittwoch vor den Ferien, sind nur erträglich viele Leute vor Ort. Das verkürzt die Wartezeit an den Attraktionen enorm und erhöht den Spaß. Willy kann sich am Anfang gar nicht für irgendetwas entscheiden. Die Fülle der Eindrücke überfordert ihn, lässt ihn staunen und immer wieder meine Hand suchen. Sogar Carsten ist positiv überrascht. Wir wechseln uns bei Achterbahn, Riesenrutsche, Treckerfahren, Hüpfburg und Erdbeerlöffelkarussell ab. Allein mag Willy

nicht. Er ist es einfach nicht gewöhnt, denn seine Eltern meiden große Menschenaufläufe, Rummel und Karussells. Darum sind sie uns auch so dankbar, dass wir diese Aufgabe übernehmen. Es macht mich glücklich, den kleinen Mann so voll Freude und Begeisterung zu erleben. Auf dem Spielplatz mit der zerfallenen Kinderhaus-Ruine verschwindet er für lange Zeit. Wir essen Eis, später Pommes und trinken Brause. Gegen 14 Uhr haben wir das gesamte Gelände mehrmals umrundet, jede Attraktion ausprobiert, das Löffelkarussell sogar doppelt. Wir sind geschafft, das Kind will mehr. Es kostet uns einige Überredungskunst, Klein-Willy auf dem Weg zum Parkplatz vom Einkauf verschiedenster Spielsachen abzuhalten. Nach fünf Stunden liefern wir das glückliche Kind bei seinen Eltern ab.
Und sind schockiert, dass wir – kaum zu Hause angekommen- wie die Brettchen umfallen und einschlafen. Das Großeltern-Leben ist wunderbar, aber wahnsinnig anstrengend. Umso verwunderlicher, dass es immer mehr alte Eltern gibt. So viele, dass man uns im Erdbeerdorf für Mama und Papa von Willy hielt. So etwas gab es früher nicht. Am Abend sind wir mit meinem PC-Freund und dessen Frau zum Essen im Steakhouse verabredet. Weil er mir partout keine Rechnung für seine Arbeit schreiben wollte, revanchiere ich mich auf diese Art. Selten gibt es in unseren Breiten so laue Sommerabende. Das Restaurant mit Blick auf den Luisenplatz ist gut besucht, das Essen schmackhaft. Die Freundin von PC nimmt nur einen Salat und macht mir ein schlechtes Gewissen. Aber nur ganz kurz. Wir reden viel, Carsten und ich vielleicht ein wenig zu viel, vergessend, dass unsere Freunde am nächsten Tag wieder arbeiten müssen.

18. Juni 2020

Die Wäsche hängt wie am Vortag. Die Nacht war gut für mich, werde erst 7.30 Uhr wach. Der Himmel ist trüb, Gewitter sind angekündigt. Am Nachmittag würde ich auch gern auf die aus Sachsen importierte Künstlerdemo „Ohne uns wird´s still“ an der Gedächtniskirche gehen, aber Carsten hat keine Lust. Dabei wurde erst gestern bekannt, dass unsere Regierung Großveranstaltungen sogar bis Oktober verbieten will. Dazu gibt es immer wieder neue Meldungen von Corona-Ausbrüchen in Schlachthöfen und Mietshäusern, von Schulschließungen und Massenquarantänen. Wovon man nichts bis gar nichts liest, ist die Funktionsweise der PCR-Tests. Diese zeigen zwar Corona-Gene an, aber man weiß nicht, ob die Viren aktiv, längst abgestorben oder überhaupt die Corona-Viren sind, vor denen sich derzeit alle fürchten. Darum gibt es, wenn man große Gruppen testet, auch immer wieder extrem viele „Infizierte“, die eigentlich nur „positiv“ sind und versetzt mit den Meldungen darüber etliche Menschen, wahrscheinlich unsere potentiellen Zuschauer, in Angst und Schrecken. Aber was weiß ich schon.

Für um neun bin ich heute, wie jedes Jahr mit „meinem“ hübschen Fensterputzer verabredet. Er schickt seinen spanischen Kollegen. Aber der macht das genauso gut. Ich gucke nur nicht zu.

Als ich später auf meinem Küchensofa rumliege, beginnt es zu regnen. Viel und heftig. Die angekündigten Gewitter bleiben zwar aus, aber die Fenster!

Dann klingelt das Handy und mein alter Fernseh-Freund kündigt seinen Besuch an. Wir kennen uns seit Ende der 80-er.

Ich tanzte als Showgirl im Varieté Mobil in Berlin, er arbeitete als technischer Abgesandter des Friedrichstadtpalastes und sorgte für den Nebel auf der Bühne. Später holte er sein Abi nach, studierte an der Hochschule für Film und Fernsehen in Potsdam, um dann bei einem Fernsehsender einzusteigen. Ende 1997, als ich noch bei TV-Berlin arbeitete und unbedingt als Moderatorin Karriere machen wollte, rief ich ihn an. Eigentlich mag ich den Gedanken nicht, mittels alter Beziehungen einen Job zu bekommen, obwohl das heutzutage gang und gäbe ist. Aber als ostdeutsch Sozialisierte fällt es mir nach wie vor schwer. Immerhin gab mir mein Fernsehfreund eine Telefonnummer zur Anmeldung für ein Casting. Das für die neue Lotto-Show Telebingo. Es fand in den alten Messehallen in Leipzig statt und ich reiste mit meiner Tochter Pauli dorthin. Nach dem Casting fragte ich Pauli, die das Ganze im Studio verfolgen konnte, wie ich ihr gefallen hätte. „Du warst wie immer, Mama", antwortete sie, „Gut!"- Der Rest ist Geschichte. Im Laufe meines Fernsehlebens habe ich meinen Fernseh-Freund sehr oft getroffen. Fast genauso oft unterstützte er mich im Rahmen seiner Möglichkeiten. Seit er nun wieder in Berlin lebt, besucht er mich regelmäßig in Potsdam. Denn hier geht er zum Friseur. Zu dem Friseur, der in den 80-ern auch mein Friseur war und der mir und meinen Kolleginnen während unserer Einstufung zu Profitänzern in der kleinen Revue des Friedrichstadtpalastes die Haare richtete. Auf der Bühne, hinter dem Paravent. Ein Highlight meiner Karriere. Seit nun die Friseure nach dem Corona-Lockdown wieder öffnen durften, hatte ich auf den Anruf meines Fernsehfreundes gewartet. Heute ist es soweit. Wir trinken eine Kanne Tee, reden, sind unterschiedlicher Auffassungen zum Corona-Umgang, mögen uns trotzdem, haben Spaß und lachen. Wunderbar.

Spätabends, der Regen hat sich gerade zurückgezogen und alle Wäscheleinen sind leer, sitze ich auf meinem Balkon. Normalerweise sind um diese Uhrzeit nur noch wenige Fenster beleuchtet. Heute strahlt mir helles Licht aus Gärtners Souterrainwohnung entgegen. Beim aufmerksamen Beobachten seines Minigartens sehe ich das Aufflackern einer Taschenlampe. Ich stehe auf, um besser sehen zu können. Da schleicht der Gärtner mit der Taschenlampe durch die Dunkelheit, leuchtet jeden Grashalm, Blumentopf und jede Pflanze an. Bückt sich dabei, schaut genau, bückt sich tiefer, leuchtet und schreitet den ganzen Grünstreifen ab. Erst denke ich, er sucht etwas. Aber es scheint, als schaue er nach einem langen Arbeitstag, wie es den Bewohnern

seiner Grünanlage geht. Ob sie gesund sind und der Regen ihnen gutgetan hat.
Ich schlafe gut in dieser Nacht. Sehr gut sogar.

19. Juni 2020
Stille im Hinterhof. Kein Mensch, keine Stimmen am frühen Morgen. Nur Nachbars Kater Gurke läuft erhobenen Hauptes an mir vorbei. Noch vor ein paar Wochen saß er regelmäßig neben mir auf dem Balkon, wenn ich meinen Kaffee trank. Seit meine Katze Chica vor ein paar Jahren gestorben ist, sind wir Kumpels geworden. Mit der nötigen Distanz. Gurke ist keine Kuschelkatze, eher ein Kampftiger, weswegen einige Rasse-Katzenbesitzer im Nebenhaus ihm schon mal mit Mord gedroht und üblen Schimpfworten bedacht haben. Gurke ist der dicke, grau getigerte Kater meiner direkten Nachbarin. Er lässt sich aber auch gern von ihm zugetanen Nachbarn füttern. Ich habe immer ein paar Leckerlies für ihn vorrätig. Manchmal frisst er so viel, dass ich befürchte, dass er irgendwann nicht mehr durch die Metallstreben meines Balkons passt. Im Moment steht mein Katzenfutter nur herum. Seit Beginn des Corona-Lockdowns ignoriert mich mein Kumpel-Kater. Ja, ein-, zweimal hat er sein schmutziges Fell an meinen Beinen abgewischt, aber das von mir eilig herbeigebrachte Futter beleidigt stehen lassen. Keine Ahnung, was mit ihm los ist. Entweder er empfindet das Balkonsofa, die vielen Blumentöpfe und Blüten, den wuchernden Frühsommer als zu einengend oder er achtet auf Social Distancing. Immerhin können auch Haustiere Corona bekommen. Es gibt zwar bisher keinen Beweis, dass sie die Viren an Menschen weitergeben, trotzdem hat unsere Gesundheitsministerin Frau Nonnemacher die Brandenburger dazu angehalten, verschnupfte Haustiere testen zu lassen und zu melden. Natürlich freiwillig. Frage eines FB-Nutzers unter dem entsprechenden Artikel: „Und wie sieht es mit infizierten Papayas aus?“. Die Frage ist berechtigt. In China wurden wieder Viren auf einem Markt

verbreitet und bei der Untersuchung des Falls auf einem Schneidebrett für Lachs entdeckt. Sofort wurde die Einfuhr von norwegischem Lachs verboten. Die Aktie stürzte ab. Die Tagesschau meldete, auch aus der Toilette beim Spülen hochspritzendes Wasser kann Coronaviren enthalten. Bin gespannt, ob es irgendwann den Zeitpunkt geben wird, dass es genug Testmöglichkeiten gibt und wir erschreckt feststellen werden, dass es in allen Lebensbereichen Viren gibt, aber keine Erkrankten. In Deutschland sind es derzeit so wenige, dass die Forscher nach Brasilien ausweichen müssen, um den entwickelten Impfstoff in Phase drei an ausreichend Menschen testen zu können.
Beim Friseurbesuch, der dringend notwendig war, meine Haare fühlten sich bereits wie ein Helm auf dem Kopf an, passiert nichts Spannendes. Es gibt auch keinen neuen Tratsch. Die Corona-Krise ist thematisch weitestgehend abgehakt, verhindert trotzdem neue Themen. Es passiert einfach zu wenig. Am frühen Nachmittag, die Straßen sind voll wie zur besten Rushhour in Friedenszeiten, geben wir im Autohaus in Babelsberg den Mietwagen wieder ab und holen unser Lieblingsauto, dessen neuer Kotflügel jetzt fast so wertvoll ist wie das Auto insgesamt.
Mein später Mittagsschlaf, in Vorbereitung auf unseren geplanten Openair-Kinobesuch im Waschhaus, war umsonst. Das Kino wird abgesagt wegen einer Regenvermutung, die nicht eintritt. Darum sitzt mein Körper den ganzen Abend vor der Glotze und wird nicht müde. Lege mich irgendwann ins Bett, stehe immer wieder auf, lese, gehe auf den Balkon. Im linken Nachbarhaus ist ein junger Bursche eingezogen, der heute Geburtstag feiert. Er bewohnt den Balkon mit ständig im Wind baumelnder Laterne und Tomatenpflanze schräg links über mir. Ich kenne ihn nicht, aber erfahre zwangsläufig eine Menge über ihn und seine Freunde. Sie stehen auf dem Balkon, sprechen laut, singen mit, was die Boxen aus der teuren 60 qm-Wohnung hergeben. „I sing a Lied for di". Speziell. In dem

Alter hätte ich etwas anderes erwartet. Man scherzt über die im selben Haus wohnende Prominenz eines Privatsenders. Ich staune. Dachte ich doch, junge Menschen hören heutzutage moderne Musik und gucken nur noch Netflix und nicht Vorabendserien auf RTL. Ich befürchte, dass lautes Mitsingen von Schlagern auf 60 Quadratmetern zu einem Cluster führen könnte.
Gegen 1.30 Uhr schlafe ich in meiner Quarantäne-Station ein und träume von ausreichender Durchseuchung durch junge Schlagerfans.

20. Juni 2020

Habe zu lange geschlafen. Darum rufe ich als Erstes meine Eltern an. Ihnen geht es psychisch nicht so gut. Die Ängste wegen des Virus und die Isolation machen ihnen zu schaffen. Dazu kommt die fehlende Ablenkung durch Kultur, kleine Konzerte und Kino. Auch wenn sie schon hin und wieder ein paar Ausstellungen besuchen, ist es nicht das Gleiche wie ohne Corona. Permanent werden sie an das Virus erinnert. Mama bekommt kaum Luft unter ihrer Maske, setzt sie darum oft falsch auf. Papa will mich überreden, die Corona-App herunterzuladen. Da wir aber gar keine großen Menschenansammlungen aufsuchen, warte ich noch. Zur Beruhigung scheint mir diese App bisher ungeeignet. Zu wenige Smartphone-Besitzer, zu wenige Smartphones. Insgesamt haben in Deutschland bisher 9,3 Millionen Menschen diese App für über 20 Millionen Euro Entwicklungskosten heruntergeladen.
Auf meinem Balkon bin ich ohnehin meist allein. Heute früh hängt aufgrund des gestrigen Regens nichts auf der Leine. Aber schon kurz vor dem Frühstück werden meine Augen von einem Spannbettlagen undefinierbarer Farbe gequält. Daneben breit gestreifte Kopfkissen- und Bettdeckenbezüge in verwaschenem Beige und Blau. Beim Nachmittagsregen hängen sie immer noch.
Abends suchten wir die Amazon-Serie „Der Report der

Magd". Gruselige Zukunftsvisionen, die Dank des Lockdowns durchaus vorstellbar scheinen und darum besonders berühren.
Auf Facebook gucke ich kaum noch nach Neuigkeiten. Zu viele Künstler-, Unternehmer- und andere Verbände jammern und klagen. Natürlich zu Recht. Aber es nervt auf Dauer. Es nervt mittlerweile genauso wie die Durchhalte-Corona-Wir bleiben-zu-Hause- und-klatschen-für-die-Helden-Schmalz-Songs diverser Musiker vor ein paar Wochen.

21. Juni 2020

Gestern war beim Gärtner noch um 0 Uhr Licht. Über ihm nicht. Im rechten Winkel zu seinem Haus gibt es in der ersten Etage einen Wintergarten, dessen Fensterfront genau zu meinem Balkon schaut. Seit ich hier wohne, stelle ich mir immer vor, wie kalt es darin sein muss, wegen der vielen Außenwände. Trotzdem hat bisher jeder Mieter in diesem Raum ein Zimmer eingerichtet. Derzeit ist es ein Arbeitszimmer. Darin habe ich vor Corona ständig eine Frau sitzen und bis weit nach Mitternacht am Computer arbeiten sehen. Dass jemand so fleißig sein kann, finde ich erstaunlich. Ab und zu sehe ich einen Mann in ihrer Wohnung. Das wird doch wohl nicht der Grund für ihre derzeit sehr seltenen nächtlichen Schreibtischarbeiten sein? Vielleicht hat sie ihr Studium aber auch schon geschafft. Zuzutrauen ist es ihr. In dieser Wohnung wechseln die Mieter häufig. Als ich einzog, wohnte in derselben Wohnung ein junges Paar. Sie waren direkt vom Studium in den USA hierher gezogen und hatten ihre zwei Katzen nach Deutschland mitgebracht. Katzen ohne Krallen. Es sei in den USA zur Schonung des Mobiliars üblich, den Katzen die Krallen zu ziehen, erzählte sie mir, als sie eines Tages vor meinem Balkon mit ihren beiden Samtpfötchen spazieren ging. Dadurch können sich die Tiere schlechter verteidigen und würden deshalb öfter beißen. Schrecklich. Später besuchten wir das Paar sogar, um zur

Entbindung ihres Sohnes zu gratulieren. Die jungen Eltern sahen schrecklich aus. Sie schauten uns aus müden, schwarz umschatteten Augen an. Ihr Junge war ein Schreikind.
Ich weiß, was das bedeutet. Meine Pauli hat in den ersten acht Monaten ihres Lebens auch ununterbrochen geschrien. Egal, ob ich sie auf dem Arm trug, im Kinderwagen schaukelte, wir stundenlang mit dem Auto um die Häuser fuhren. Das Kind schrie. Wenn es nicht ausnahmsweise schlief. Zeitgleich mit ihren Augen nach dem Aufwachen öffnete sich ihr Mund und brüllte. Bis heute lese ich jeden wissenschaftlichen Bericht zu dem Thema, schaue jede Reportage. Noch immer hat kein Wissenschaftler eine Erklärung für dieses Phänomen.
Alle Mieter, die dem jungen Schreikind-Elternpaar in dieser Wohnung folgten, lernte ich nicht persönlich kennen. Aus dem Wintergarten wurde mal ein Kinderzimmer mit Doppelstockbett, später nutze ein Glatzkopf mit Buddha-Wimpeln am Fenster den Raum für seine Yoga-Übungen. Jetzt dient er als Arbeitszimmer.
Ein Brief meiner Wanderfreundin erreicht mich per Mail. Oder besser: ein Restbrief. Sie war mit ihrer Leistung von sechs Seiten vor ein paar Wochen nicht zufrieden und hat jetzt nachgelegt. Nicht, dass ich sie kritisiert hätte. Das war ihre Entscheidung. Die mich freut, nicht verwundert. Sie schreibt von ihrer Radtour Anfang Juni durch Norddeutschland, von teilweise hässlichen Hotelzimmern im 90-er-Jahre Ossi-Charme und überzogenen Preisen, von schönen Landschaften und strahlendem Sonnenschein. Je älter wir werden, desto öfter entnehme ich ihren Briefen eine gewisse Melancholie. Diesmal denkt sie an alle ihre Freunde, die schon gestorben sind. Zu früh. Wenn ich die Namen lese, bin ich schockiert, wie viele es sind. Zum Glück leben meine sehr engen Freunde alle. Nur Anke hat 2012 eine Leukämie nicht überlebt. Ein für mich und Carsten nahes, unmittelbares und schockierendes Erlebnis. Da hilft es auch nicht, sich vor Augen zu halten, dass der Tod zum Leben

dazu gehört, wir alle sterben werden. Man bezieht diese Ereignisse auf sich. Will plötzlich alles erleben, was man bisher auf später verschoben hat. Meine Freundin ist kürzlich mit anderen Freunden anlässlich eines Todestages zum Grab der zuletzt Verstorbenen gefahren. Mich selber plagen beim Lesen immer schlechte Gefühle, weil ich nicht so oft „meine" Verstorbenen besuche. Klar, fahren wir ab und zu an das Grab der Schwiegermutter und trinken mit ihr einen Kaffee. Sie liegt ja auch in Berlin, also nicht weit weg. Bei Anke war ich seit 2012 noch zweimal am Grab. Bei Oma und Opa schon lange nicht mehr. Trotzdem denke ich unglaublich oft an sie. Sehe jeden Tag ihr Hochzeitsfoto in meinem Flur, Omas Kinderfoto im Arbeitszimmer. Sie ist immer bei mir. Opas Foto hängt direkt über meinem Monitor über dem Schreibtisch. Jedes Mal, wenn Carsten und ich spazieren gehen, durch Dörfer fahren, Bäume zu erkennen versuchen, erzähle ich von Opa. Alles, was ich von der Natur und dörflichem Leben weiß, habe ich von ihm gelernt. Ich selber möchte keine Besuche an meinem Grab. Ich habe verfügt, dass ich in einer Urne unter einem Baum begraben werde. Oder auf der grünen Wiese. Ich möchte bei denen, die mich lieben und vermissen im Herzen bleiben. Und in ihren Erinnerungen und Gedanken.
Aber jetzt geht der Tag erstmal los und das Leben weiter. Wir fahren zum Trödelmarkt ins Kremmener Scheunenviertel. Kremmen ist ein ganz kleiner Ort und gehört genau wie Bötzow zur Gemeinde Oberkrämer. Bötzow ist das Dorf, in das ich von meiner Oma zu meinen jungen Lehrer-Eltern und meiner Schwester zog. Das war trotz aller Vorbereitung ein traumatischer Vorgang für mich. Ich weinte, hatte Heimweh, litt unter Sehnsucht nach meinen Großeltern. Meine sehr jungen Eltern hatten es nicht leicht mit mir. Später kam ich in Bötzow in den Kindergarten und in die Schule. Und irgendwann im Leben schwor ich mir, mein Kind niemals lange wegzugeben. Nicht in die Wochenkrippe, nicht ins Internat und auch nicht zu Verwandten. Auch wenn

die ersten Jahre bei Oma zu den wärmsten, schönsten und prägendsten meines Lebens gehören, die Rückkehr in mein „richtiges" Leben war einfach zu schwer für alle Beteiligten. Daran muss ich denken, während Carsten und ich nicht weit entfernt vom Ort meiner Kindheit im wunderhübschen Scheunenviertel herumtrödeln. Wir treffen den Chef des dort ansässigen kleinen Theaters „Tiefste Provinz", reden über Kultur und Corona, kaufen ein paar Heringe für unseren Helenesee-Sonnenschutz, einen Laber-Bären, der alles nachspricht, was man ihm sagt, für Willys Schwester und trinken Kaffee.
Carsten findet den Laber-Bären nervig, ich bin begeistert. Willy auch, als wir wieder zu Hause sind und das Plüschtier überreichen. Damit will er seiner Schwester das Sprechen beibringen. Sie wird heute ein Jahr alt und beherrscht bisher nur ein Wort: Kater. Das sagt sie, wenn sie Kater Gurke sieht. Willy und ich finden die Bären-Idee großartig. Willy lacht laut, der Laber-Bär tut es ihm mit hoher Stimme nach. Später bekommen wir Erdbeertorte und Besuch vom Geburtstagskind, einer kleinen lockenköpfigen Pummelfee mit großen Drama-Queen-Fähigkeiten. Wunderbar.
Am Abend hängt eine absolut hässliche Bettwäsche auf dem Nachbargrundstück. Breite Streifen in Lila und Beige. Alles etwas angegraut. Der Gärtner ist nicht zu sehen. Das ganze Haus liegt ruhig in der Abendsonne. Kein Mensch auf einem der Balkons. Der Wintergarten verwaist. Was machen die alle am Sonntagnachmittag? Oder überhaupt. Man sieht sie fast nie. Dafür tobt eine große, für mich unsichtbare Kinderschar auf einer Terrasse links von uns im Whirlpool der Familie Schulze.

22. Juni 2020

Montag. Die erste Hitzewelle des Sommers ist angesagt. Früh merke ich davon nichts, obwohl die Sonne schon um die Hausecke lugt. Der Gärtner sitzt auf der Terrasse hinter zwei kleinen weißen Wäschestücken, seine Hunde kläffen, als ich

auf meinen Balkon trete.
Gestern gab es schlimme Randale in Stuttgart. Bürgerkriegsähnliche Zustände, schreiben die Zeitungen. Ich habe das Gefühl, dass die Wut der Menschen zunimmt. Auch wenn Demos gegen Rassismus, für Frieden, gegen Lockdown und Hygiene, für Kultur und gegen das Clubsterben organisiert werden, immer öfter kommt es zu Ausschreitungen. Und natürlich zu immer mehr Demos. Nicht nur in Deutschland. Die jungen Menschen wollen feiern. Und machen das auch. Egal, ob die Clubs offen sind oder zu. Es wird viel Alkohol getrunken, Drogen kreisen, dann kommt die Wut. Und die kommt durch diese massiven Maßnahmen gegen Corona. Egal, ob bereits gelockert oder nicht. Das ständig in den Medien heraufbeschworene Damoklesschwert einer zweiten Welle und die permanent befeuerte Angst vor dem Virus zerren an den Nerven. Nach wie vor gibt es keine sachliche, Ereignisse und Zahlen einordnende Berichterstattung.
Um zehn kommt Bella, bringt neue Texte für ihre Show mit, wir sortieren. Nicht viel, denn um zwölf hat sie Probe im Potsdamer Kabarett. Dort geht es ab 3. Juli mit einer neuen Sommerproduktion und Hygienekonzept wieder los. Ich sortiere nach Bellas Besuch weiter an ihren Texten. Habe Spaß daran, die Show zusammen zu fummeln. Langsam wird es. Die Arbeit macht mich froh.
Heute Nacht passiert etwas Besonderes. Viele kulturliebende Menschen schließen sich zusammen, beleuchten Gebäude mit roten Scheinwerfern. Die „Night of Light" strahlt in die relativ kurze Juninacht. Auch Schloss Sanssouci und das Kabarett machen mit. Tausende rote Gebäude im ganzen Land sorgen für Aufmerksamkeit für die am meisten gebeutelte Branche. Ich finde das schön, weiß aber nicht genau, wohin das führen soll. Die Kulturministerin hebt die Hände, kann nichts weiter machen, es gab ja schon so viel Unterstützung. Glaubt sie. Bisher immerhin zu viel zum Sterben. Meine Sorge gilt nach wie vor unseren kleinen,

privaten Vertragspartnern: Theatern, Kinos und Kulturstätten. Aber auch Carsten, der – wenn er nicht Hartz IV beantragen will- weiterhin keine Einnahmen hat. Gar keine seit März.
Am Abend wiederholt das ZDF einen Krimi. In den Nachrichten sagt man, dass die GEZ-Gebühren nun doch erheblich erhöht werden. Alle Länderchefs hätten zugestimmt. Die Lufthansa hat ihre Milliarden bei Vater Staat noch nicht abgerufen, ein Hauptaktionär stellt sich quer. Uns haben sie auch noch nichts überwiesen.
Kurz vor Mitternacht hängt eine hässliche graue Tischdecke beim Gärtner. Ich sehe sie nur so lange, bis er das Licht in seiner Wohnung löscht. Fast alle Fenster zum Hinterhof sind jetzt dunkel. Nur die neuen Partymieter links haben ihre Suchscheinwerfer-Beleuchtung am Balkon angelassen.
Gurke hüpft in der Dunkelheit auf meinen Balkon. Setzt sich in die Küche mit Blick auf das Futterregal. Als ich nicht reagiere, streift er um meine Beine. Also stehe ich auf, hole ein Schälchen aus dem Schrank, fülle Trockenfutter rein und stelle es neben meinen Balkonstuhl. Setze mich und warte. Gurke rennt zum Schälchen, schnüffelt, wendet sich ab und springt in die Dunkelheit des Hinterhofs.

23. Juni 2020

Der Hof ist still, mein Sudoku kompliziert. Carsten bringt das Auto zum TÜV, die hässliche Tischdecke hängt immer noch. Von Hitzeeinbruch keine Spur.
Auf Facebook gibt es unglaublich viele Bilder rotbeleuchteter Häuser zu sehen. Dazu Statements von Künstlern, Moderatoren, Veranstaltern, Agenturen. Deutschlandweit. Alle zusammen für eine Branche. Das rührt mich. Wie schon die Eröffnung der Weltfestspiele 1973, als tausende Menschen fröhlich und zusammen eine große Show veranstalteten. Wenn alle in eine Richtung schauen, sich gemeinsam für eine gute Sache einsetzen. Prosoziales Verhalten leben. Das treibt mir immer ein paar Tränen in die

Augen.
Der Tag plätschert vor sich hin. Putzen, Sport und Auto vom TÜV holen. Und ab nachmittags weinrote Bettwäsche mit kleinen gelben Streifen.

24. Juni 2020

Fühle mich wie gerädert. Habe gestern noch eine Schmerztablette gegen meine Ohrenschmerzen eingenommen. Werde den Tag ruhig angehen. Sehr ruhig. So ruhig, dass mich nicht einmal die Wäsche auf der Leine interessiert. Der Gärtner gießt seine Blumen. Weil sie direkt an unserem Zaun stehen, befördert seine Blumenpflege auch unser Unkrautwachstum. Saftiges Grün in Büscheln.
Liege auf dem Küchensofa. Schlafe. Als Carsten von seiner Zahnärztin zurückkommt, bringt er mir Ohrentropfen mit. Ich nutze sie und schlafe wieder. Erst gegen 13 Uhr fühle ich mich nicht mehr so schwach. Fieber habe ich nicht. Messe 35,6. Es ist warm, ich friere. Habe aber Appetit und esse. Mit der Ankunft eines Zara-Paketes kehren meine Lebensgeister zurück. Ich probiere an, verwerfe, behalte nur eine Jacke. Nach dem Abendessen geht es mir wieder richtig gut. Träufle zur Nacht trotzdem nochmal die Ohrentropfen.

25. Juni 2020

Normaler entspannter Morgen. Keine Schmerzen, nur wenig müde. Wasche Wäsche, damit alles ordentlich ist, wenn Pauli morgen zu Besuch kommt. Mit dem Enkelhund.
Den Vormittag verbringen wir in Berlin. Besuchen die Schwiegermutter auf dem Friedhof. Vorher frühstücken wir beim Türken an der Ecke Soorstraße. Bin wieder verblüfft, wie viel und reichhaltig man in Berlin für vergleichsweise wenig Geld frühstücken kann. Das ist im konservativen Potsdam nicht möglich.
Das Wetter scheint mir heute ziemlich unentschlossen. Es ist bewölkt, feucht und warm. Am Nachmittag brummt meine Waschmaschine. Die erste Ladung hängt bereits auf dem

Balkon. Bis zum Abend schaffe ich alles zu waschen, zu bügeln, alle Betten, auch für meinen Besuch neu zu beziehen, die Blumen auf und vor dem Balkon zu gießen, das Bett für Pauli mit neuer Rückenmatratze zu bauen und mich mit all´ diesen Alltäglichkeiten glücklich zu machen.
Kurz vor dem Zubettgehen erreicht mich eine wunderbare Whatsapp-Nachricht meiner Wanderfreundin: sie hat für den 5. Juli Karten für uns alle in die Monet-Ausstellung im Barberini besorgt. Goldstaub zurzeit.

26. Juni 2020
Schon beim ersten Kaffee schreibt mir Pauli, dass sie bereits über die Grenze gefahren ist. Freude und Sonnenschein. Ich mache den dummen Fehler nach dem Duschen auf die Waage zu steigen. Sie zeigt zwei Corona-Kilo zu viel. Wer die 40 überschritten hat, weiß wie schwer es ist, zwei Kilo wieder loszuwerden. Ich hasse es.
Dann folgt eine Phase des Wartens. Immer, wirklich immer bin ich mit allen Vorbereitungen zu früh fertig. Will dann die Ordnung bewahren, obwohl ich genau weiß, dass sie nach Eintreffen meiner Gäste ohnehin nicht mehr wahrnehmbar sein, eigentlich gar keine Rolle spielen wird. Trotzdem verharre ich in einer gewissen Wartestarre. Kurz nach 12 ist es soweit. Carsten und ich treten auf die Straße, in dem Moment rollt das kleine Auto mit dem niederländischen Kennzeichen schon auf uns zu. Wir öffnen Pauli das Tor unseres Nachbargrundstücks, damit sie auf den Hinterhof fahren kann. Unseren Hinterhof. Empfehlen einen Parkplatz mit Abstand zum Spielplatz, damit ihr Auto von herumfliegenden Fußbällen, die sonst immer mit Wumms gegen den neuen Fahrradschuppen ballern, verschont bleibt. Was für ein schönes Gefühl, mein Kind nach so langer Zeit wieder in den Arm zu nehmen, zu drücken. Ich schlucke dreimal. Alle auf dem Balkon befindlichen Nachbarn freuen sich mit. Das ist allerdings nur die Gurke-Mutti, meine unmittelbare junge Nachbarin in Paulis Alter, die immer mal

für niederländische Düfte im Treppenhaus sorgt. Enkelhund Lemmy hat die lange Reise gut überstanden und bekommt von Oma, also mir, zur Begrüßung ein Leckerli.
Dann sitzen wir zusammen, Pauli isst, wir reden und freuen uns.
Dann gehen Pauli, ich und Lemmy an der Havel spazieren. Wir suchen einen Wasserzugang für das Tier. Mein Enkelhund liebt es Stöckchen aus dem Wasser zu fischen. Überall wachsen Seerosen. Hoffentlich bleibt sie nicht hängen, befürchte ich. Ein Gewitter zieht auf. Carsten ruft an und fragt, ob er uns abholen soll. Aber wir haben Regencapes dabei, es ist warm und wir genießen unseren Spaziergang. Endlich finden wir eine Badestelle für meinen Enkelhund. Zack springt sie ins Wasser, beißt in den dicken Stock, den wir ihr rein geworfen haben, schwimmt zurück. Versucht es zumindest. Sie hängt an der einzigen Seerose an dieser Stelle. Kommt nicht voran. Wir bekommen Angst. Pauli zieht schon die Schuhe aus, steht bis zu den Knöcheln in der Havel…da endlich kommt Lemmy frei und auf uns zu geschwommen.
In dem Moment, in dem wir meine Wohnung wieder betreten, rummst es sehr laut. Wir glauben, es sei immer noch das Gewitter. Ist es aber nicht. Es ist die Bombe, die an der Spitze der Freundschaftsinsel im Wasser gefunden, wegen deren Entschärfung 13.000 Menschen aus dem Stadtzentrum, darunter drei Altenheime evakuiert und beide Havelbrücken seit früh um acht gesperrt worden waren. Die Fontäne der Sprengung schießt über die Kuppel der Nikolaikirche hinaus. Es war die größte Bombe seit Ende des zweiten Weltkrieges, die in Potsdam entschärft wurde.
Eine letzte Abendrunde mit Lemmy auf dem Hinterhof. Ein Nachbar auf seinem Balkon. Genau dort, wo vor zwei Jahren die Frau im grünen Kaftan den Gärtner ausfragte. Seine Anwesenheit ist ein recht seltener Anblick. Im Prinzip ist er mir erst ein einziges Mal wirklich aufgefallen. Als wir eine kleine Gartenparty auf der Rasenfläche vor meinem Balkon

veranstalteten, rief er uns zu, wie furchtbar er unsere Musik fände. Heute schmettert er mir ein fröhliches Hallo entgegen. Wegen Lemmy? Kann ich mir nicht vorstellen, denn er ist eigentlich Katzenliebhaber. Allerdings hat er diese rote Katze, die immer schreit. Vielleicht sehnt er sich deshalb nach einem Hund.
Lemmy ist heute Abend kaputt. Wir alle. Gehen früh ins Bett. Ich bin glücklich.

27. Juni 2020

Ich sitze wie jeden Morgen allein auf dem Balkon. Der Gärtner betritt seinen wäschefreien Garten. Duckt sich plötzlich so, dass er mein Gesicht hinter meiner Rose sehen kann und ruft: „Guten Morgen!“. Ich erwidere den Gruß freundlich. Und überrascht. Da sagt er: „Man muss ja mal den Anfang machen!“ – „Genau!“
In der langen Zeit, die ich mir jetzt schon Gedanken um seinen gärtnerischen Eifer, seine liebevolle Blumenpflege und das Wäscheverhalten der Mieter seines Hauses mache, haben wir uns nie gegrüßt. Wogegen ich dem Sabbat-Nachbarn mindestens einmal am Tag zuwinke oder zunicke. Er nutzt seinen Balkon als Raucher mindestens genauso oft wie ich. Wenn er zu Hause ist.
Heute habe ich ihn noch nicht gesehen. Dafür den Gärtner. Er sitzt wäschefrei in der Sonne auf seiner Terrasse. Es ist Samstag. Gurke hat es sich neben mir auf der Bank gemütlich gemacht. Liegt in der Sonne und putzt sich. Dann kommt Carsten mit Lemmy vom Morgenspaziergang. Gurke sieht Lemmy, springt hastig vom Balkon. Dann, die Hinterpfoten im Beet, Vordertatzen auf dem Balkonboden lugt er durch die Gitter. Mutig. Wir haben Angst um Gurke, zerren Lemmy panisch in die Küche. Prompt springt der Kater wieder auf meinen Balkon, guckt durch die Balkontür mit aufgerissenen Augen. Lemmy hüpft und bellt dahinter. Gurke haut ab. Als mein Enkelhund sein Balkon-Revier wieder in Beschlag nimmt, ist sein Katzeninteresse sofort

erloschen. Aber er leert Gurkes Napf.
Später läuft der italienische Kläffer mit einem unbekannten Mann an meinem Balkon vorbei. Wahrscheinlich mit seinem Opa. Lemmy springt auf. Bellt laut. Ich entschuldige mich. Kläffers Opa lächelt.
Wir schlendern trotz drückender Hitze gegen Mittag an der Havel entlang. Lemmy, Pauli, Carsten und ich. Lemmy darf baden und den Ball aus dem Wasser holen, ungeachtet der kleinen und großen Badenden an der kleinen Badestelle in der Nähe des Spielplatzes. Pauli findet das nicht schlimm. Man hängt sich als Großeltern nicht in die Kindererziehung rein. Aber Carsten und mir ist das selbstverständliche Hundebad zwischen Kindern ein wenig unangenehm, darum bleiben wir in sicherem Abstand zu den Kindern.
Heute gibt es den letzten Spargel der Saison. Der ist nicht mehr so gut wie am Anfang, aber besser als der niederländische, sagt Pauli und freut sich.
Ich sprenge meine Lieblingspflanzen auf dem Hinterhof. Neben mir spielen zwei kleine Mädchen aus unserem Haus. Erst haben sie vor Lemmy Angst, dann werfen sie sein Bällchen und Lemmy bringt es immer ganz lieb zurück. Unzählige Male. Die Kleinere hilft mir beim Sprengen. Sie ist großzügig und benässt gleich auch meinen Balkon. Irgendwie so friedlich das alles.
Später schlendern wir durch Potsdams Innenstadt. Wegen Corona stehen viel mehr Tische als üblicherweise auf dem Boulevard und den Bürgersteigen der Seitenstraßen. Fast alle Tische sind besetzt. Typisch laue Sommernacht und gefühlt mehr Menschen als ohne Corona. Wir nehmen einen Drink, beobachten die Sommernacht-Genießer Potsdams. Lemmy bellt ab und zu, bevor er ermattet neben unserem Tisch liegt.

28. Juni 2020

Werde geweckt, weil sich Pauli in mein Bett kuschelt. Lemmy, noch feucht wegen seines Morgenspaziergangs mit Carsten, springt dazu und zerstört die Mutter-Kind-Idylle.

Heute hängt schon den dritten Tag keine Wäsche beim Gärtner. Auch er ist nicht zu sehen. Stille überall. Jeder scheint auszuschlafen- nur wir nicht. Der Tag fließt träge, aber entspannt, vorerst sehr warm, aber harmonisch. Wir hängen rum, spazieren mit Lemmy. Das Sonntagsessen ist köstlich und wegen Pauli sehr deutsch: Schweinebraten mit Rotkraut und Kartoffeln.
Als es dämmert, spricht der Gärtner hinter pastell-lila Bettwäsche für zwei mit dem rote Schreikatzen -Vater, der gerade die Balkonblumen gießt. Obwohl es heute Nachmittag in Strömen regnete. Lange. Sie reden über den Urlaub des Katzenvaters. Er war mit seiner Frau, die ich im grünen Kaftan für die Schwiegermutter der Familie hielt, mit dem Wohnwagen unterwegs. Die Zeltplätze seien voll, obwohl wegen Corona keine Zelte erlaubt sind.
Lemmy scheint phlegmatisch. Entweder, weil sein Frauchen bei der besten Freundin gerade deren Babyhund Augusta knuddelt oder, weil sie heute Nachmittag den Sandkasten von Gisis Enkeln ausbuddelte. Während wir Kaffee tranken und über alte Zeiten redeten. Ich glaube, Pauli fand es nicht so spannend.

29. Juni 2020

Pauli muss jetzt vier Tage arbeiten, streng von 9 bis 17 Uhr Homeoffice. Wir sind alle früh wach, Lemmy kotzt sein erstes Futter wieder aus. Beim zweiten Spaziergang wälzt er sich in etwas Totem, wie Pauli berichtet. Lemmy wird geduscht.
Mein morgendliches Facebook langweilt mich immer mehr. Die Kultur wird nicht ausreichend unterstützt, kann nicht rentabel arbeiten, eng fliegen geht trotzdem. Es gibt neue Corona-Fälle in Portugal, Menschen aus Gütersloh werden von fast allen Bundesländern an der Einreise gehindert. Es ist immer das Gleiche. Das Leben wirkt wie in einer Zeitschleife.
Carsten und ich fahren heute ins Outlet-Center an der B5.

Gestern ist seine Lieblingsshorts am Po gerissen. An der gleichen Stelle wie bei der Hose davor, er hatte sie nachgekauft. Immer nach vier Jahren das gleiche Problem an der gleichen Stelle. Hoffen wir mal, dass diese Zyklen nicht für Pandemien gelten.
Im B5-Center ist es zum Glück nur überschaubar voll, überall Maskenhinweise, Anstellregulierungsgitter, Desinfektionsmittel, beschränkter Zugang. Nur bei Nike bildet sich eine lange Schlange, die auch nicht abreißt. Warum? Wir können es uns nicht erklären. Gleich im ersten Laden finde ich ein sensationelles rotes Jackett. Das werde ich zu meinem ersten Auftritt nach Corona tragen. Und tatsächlich finden wir für meinen modisch sehr festgelegten Liebsten- wie gesagt, er besaß die zerrissene Hose bereits 2x- eine ähnliche, die er akzeptieren kann.
Auf dem Heimweg suchen wir im Supermarkt Dinge, die Pauli sich gewünscht hat: Hafermilch, Mandeljoghurt, Hundefutter, Kackebeutel. Carsten macht das keinen Spaß, weil er danach suchen muss. Er ist ja der Einkäufer unserer Familie, schreibt den Einkaufsplan nach den Gängen im Markt, um schnell und effizient zu sein. Dinge, die er nie kauft, bei denen er nicht weiß, wo sie stehen, verabscheut er.
Am Nachmittag und Abend kühlt es spürbar ab. Egal, Carsten geht mit seinen Freunden boulen, Pauli und ich gehen kurz in den Park, Lemmy wird angegriffen. Von einem Schwan, der seine Familie schützen will und mit eindeutiger Drohgebärde auf meinen Enkelhund zu schwimmt. Pauli ruft den Hund, ich fotografiere. Dann gucken wir Midsommer, einen Film auf amazon, ziemlich blutig.

30. Juni 2020

Der Morgen ist auch mit Hund und Kind Routine. Alles läuft, als wäre es immer so. Während ich auf dem Balkon die Zeitung lese, beschäftigt sich Pauli mit ihren Yoga-Übungen. Dann sitze ich am PC, Pauli geht mit Lemmy in den Park. Dann sitzen wir beide an unseren PC´s und arbeiten.

Heute bin ich gezwungenermaßen auch fleißig. Bereite schon den Quartalsabschluss vor und liste alle Betriebskosten von April bis Juni auf, falls wegen der Fördermittel der ILB doch irgendwann eine Prüfung kommt. Seit März nur noch rote Zahlen auf meinem Konto. Trotzdem ist das Geld nicht unser größtes Problem. Wir wollen arbeiten. Das mache ich heute auch. Ich schreibe und fummle an einer Best-of-Show mit Herrn Kuntze, füge Texte und Lieder aus alten Programmen und neue Monologe möglichst sinnvoll zusammen. Und habe sogar Spaß daran, bin motiviert. Auch wenn das Ganze erst Ende 21 auf die Bühne kommt. Da fällt mir ein: wir müssen ja jetzt schon Fotos dafür machen. Für Plakate und Flyer.
Am frühen Abend lädt uns Pauli zum Essen ein. Wir gehen ins „Mai Keng" auf den Boulevard, bekommen gleich Plätze und ziemlich flott auch unser Essen. Carsten und ich sind wie immer sehr begeistert, Pauli nur mäßig. In Amsterdam gibt es einfach zu viele gute Restaurants. Während wir noch auf die Rechnung warten, fragen zwei Beamte ohne Mundschutz und mit wenig Abstand einen der Kellner nach dem Chef des Restaurants. Die Tische stehen viel zu eng, stellen sie fest. Das gibt Ärger. Wir wissen nicht, wieviel das den Inhaber unseres Lieblingslokals kosten könnte. Denn, natürlich stehen die Tische eng. Es ist auch voll besetzt. Aber gab es denn im Freien überhaupt schon mal eine Ansteckung mit dem Virus? Hat sich nicht gerade heute die WHO beim weltweit wegen seines lockeren Umgangs mit der Pandemie beschimpften Schweden dafür entschuldigt und festgestellt, dass es dort auch nicht gefährlicher sei als anderswo?
Die Beamten können nichts für die Abstandsregeln. Und der deutsche Staat benötigt in dieser Situation unbedingt wieder Einnahmen.
Auf dem Rückweg trinken wir ein Glas Wein beim Weinfest auf dem Luisenplatz. Eine kleine Band spielt chillige Musik für Weinliebhaber, die fast alle Tische besetzt haben. Wir beobachten das gesellige Treiben, treffen Bekannte,

plaudern. Zum Beispiel mit dem Merseburger, den wir seit fast 10 Jahren nicht mehr gesehen haben. Bis die derzeitige Chefin des Theaterschiffs ihre Arbeit aufnahm, es muss so 2011 gewesen sein, arbeiteten wir dort mehr oder weniger zusammen. Er als Gastronom, ich als freie Kabarettistin, Choreografin, Regisseurin und Moderatorin.

Das war eine schöne und für mich insgesamt wichtige Zeit. Der erste Intendant und Erfinder des Theaterschiffes, der „Vater“ der anlässlich der 1000-Jahr-Feier Potsdams gegründeten Stadtspieltruppe, Wilfried Mattukat, war 2001 der einzige Bühnenbetreiber, der mir und meiner Kollegin Aufführungen mit unserer Comedyshow ermöglichte. Schon nach wenigen Jahren bei TV-Berlin und mdr, hatte ich Sorge, von heute auf morgen entlassen werden zu können. Gerade in der Unterhaltung kann es mit der Fernsehkarriere einer Frau schnell vorbei sein. Darum entschied ich, mir ein zweites Standbein aufzubauen. Mit einer Kollegin des Kabaretts entwickelte ich ein Bühnenprogramm, suchte bei einem Autor Unterstützung, wir produzierten Halb-Playbacks für unsere Lieder und durften dann auf dem Theaterschiff unsere Premiere feiern. Natürlich hatte ich unglaubliches Lampenfieber, war mir meiner Fähigkeiten in keiner Weise sicher, hatte die Songs sogar sicherheitshalber als Voll-Playbacks produzieren lassen, falls meine Stimme versagen sollte. Es funktionierte live. Erst nur vor einer Handvoll Zuschauer. Nach und nach wurden es mehr. Wenn ich mir heute Ausschnitte aus dieser ersten Show angucke, finde ich uns sehr mutig. Aber es war ein Anfang. Nebenbei moderierte ich nach wie vor TeleBingo und entwickelte 2002 eine Quizshow „delikat-Das Quiz zum Osten“. Diese Sendung wurde von 2003 bis 2004 nicht nur vom mdr produziert, ich durfte sie tatsächlich auch moderieren. Die Quoten waren bei diesem Quiz so hoch, dass der mdr sich nach einiger Zeit überlegte, man könne die Sendung auf 45 Minuten verlängern und auf einen anderen Sendeplatz, der sonst quotentechnisch schlecht läuft, verlegen. Das funktionierte genauso wenig, wie ein Porno im Vormittagsprogramm. Freitagabends gucken die Menschen um 21 Uhr kein Quiz. Die Quoten gingen in den Keller, die Schuldige war schnell ausgemacht. Im September 2004 erhielt ich einen Anruf vom Produzenten: „Sitzt du? Ja? Okay, ich wollte dir nur sagen, dass die gestern aufgezeichnete Sendung deine letzte war! Bitte sag, wenn dich die Presse fragt, du willst dich mehr auf deine Kabarettkarriere konzentrieren!"

Ich war fix und alle. Man nahm mir meine Sendung, gab sie einer Jüngeren und servierte mich eiskalt ab. Zusätzlich sollte ich schriftlich eine Erklärung unterschreiben, dass ich die wahren Vorgänge meiner Kündigung öffentlich verschweige und vor der Presse behaupte, aus freien Stücken gegangen zu sein. Das unterschrieb ich nicht, aber ich habe es bis heute auch noch nicht öffentlich erzählt. Damals moderierte ich ja noch die Bingo-Show, diesen Job wollte ich nicht riskieren. In meiner Verzweiflung suchte ich das Gespräch mit dem Unterhaltungschef des Senders, der erklärte mir, dass er meiner Entlassung nur auf Drängen der Produktionsfirma zugestimmt hätte.

Das Ende von TeleBingo war dagegen so human, wie das Ende einer Sendung sein kann. Wir wussten fast ein Jahr vorher, dass diese Lottoshow nicht weiter produziert wird, feierten mit dem gesamten Team die letzte Sendung, die am 31.12.2005 ausgestrahlt wurde.

Das Theaterschiff rettete mich. Dort traten meine Kollegin und ich regelmäßig auf, andere Auftrittsorte kamen dazu. Fast jährlich entwickelten wir ein neues Programm und zogen damit über kleinere Bühnen im Osten Deutschlands. Wir bekamen sogar mal eine Sendung im mdr, den „Langen Samstag", zeigten ein paar Ausschnitte aus unserer Show und moderierten. So kam es, dass ich im Jahr 2006 nicht nur frisch verliebt, sondern auch ausreichend gut im Geschäft war.

Auch nach 2009, als ich mein erstes Soloprogramm

präsentierte, blieb ich dem Theaterschiff treu. Und das Theaterschiff mir. Als Constanze die Leitung übernahm, entwickelten wir zusammen mit Carsten eine besondere Veranstaltungsreihe. Zum „Potsdamer Nachschlag" luden wir einmal im Monat einen Prominenten ein, dessen Lieblingsessen das schiffseigene Restaurant auch für die Gäste zubereitete und in dessen Lieblingsbuch wir stöberten. Außerdem gab es jedes Mal ein ausführliches Interview, das ich führen durfte, und die Theatertruppe präsentierte einen Ausschnitt aus ihren neusten Produktionen. Der erste Gast war Jann Jakobs, damaliger Bürgermeister Potsdams, danach wurde es bunt: Ulla Kock am Brink, Ullrich Meyer, mein Lieblingsschauspieler Wolfgang Winkler, die Sportler Udo Beyer und Birgit Fischer, der Sänger Bodensky mit seiner Frau, die Moderatorin Tatjana Jury. Ja, diese wunderbare Veranstaltung hat für mich sehr viel redaktionelle Arbeit und Vorbereitung gebracht, aber auch unheimlich viel Spaß und interessante Gespräche.

Pauli und ich reden auch auf unserem Heimweg durch den Park, bewundern die Schönheit der Natur mitten in der Stadt. Hier kann man jeden Tag entlang laufen und wird immer wieder überwältigt sein. Am mit Entengrütze überzogenen Wasserlauf ist Lemmy nicht mehr zu bremsen. Er springt hinein, folgt schwimmend und laut schnaufend einer Ente. Die findet das lächerlich, flattert immer wieder ein paar Meter. Mein Enkelhund folgt ihr wie paralysiert. Da helfen kein Rufen, kein Locken und erst recht kein Betteln. Lemmy ignoriert uns, schnauft immer lauter, fast muss man befürchten, sie ersäuft gleich.

Erst kurz vor der Brücke vor den Römischen Bädern, meine neuen neon-orangen Sneakers sind von feuchter Wiese bereits verdreckt, kommt das Tier endlich aus dem stinkenden Wasser und schüttelt sich. Wer stinkt, muss zu Hause in die Wanne. Das findet Lemmy abartig, aber Strafe muss sein.

Am Abend hängt ein weißes Spannbettlaken beim Gärtner.

Irgendwo im Hof wird auf einem Balkon gefeiert. Ich bin zu müde, um mich um die Nachbarn zu kümmern. Meine heutige Wäsche liegt jedenfalls schon im Schrank. Alles aufgeräumt, sonst schlafe ich schlecht.

Im nächsten Teil meines Tagebuches nehme ich meine Leser mit in den leicht gelockerten Corona-Sommer, reise mit Carsten nach Amsterdam und erzähle von den emotionalen ersten Auftritten nach dem Lockdown.
Wer Fragen an mich hat, eigene Erfahrungen mit mir teilen möchte, kann mir gern schreiben unter:
tatjana-meissner@art-things.com

Ansonsten hoffe ich, dass wir uns bald wiedersehen. Auf den wunderbaren Bühnen unseres Landes. In einer meiner Shows oder auf Facebook und Instagram.
Bleibt bitte alle gesund. Herzlichst Tatjana Meissner

* * * * *

DANKSAGUNG

Ich bedanke mich von Herzen für die Unterstützung bei
der Veröffentlichung meines Buches bei:
meiner Lehrerfreundin,
meiner Wanderfreundin,
meinen Eltern,
meiner Tochter,
meiner Schwester,
bei Bella,
der Agentur Art-Things
und für das Foto bei
Robert Lehmann

Wer bin ich?

Auf meiner Internet-Seite steht: Tatjana Meissner- Kabarettistin, Autorin und Moderatorin
Tatsächlich?
Aber was sonst? Früher, als ich noch als Tänzerin arbeitete, wurde ich von Zuschauern als Show-Girl bezeichnet.
Dann, beim MDR, als Glücksfee. Nach dem Erscheinen meines ersten Buches als die, die sich öffentlich zur virtuellen Partnersuche bekennt. „Wie kannst du nur?"
Nach meinem zweiten Roman bezeichnete mich ein Fernsehmoderator als die „Femme fatale der Midlifecrisis", nach dem dritten Buch war ich die mit dem ostdeutschen Migrationshintergrund und nach dem vierten die Erika Berger des Ostens. Zuschauer, die sich meinen Namen nicht merken können, sagen: „Die mit den roten Klamotten.", oder „Die mit den blonden Strubbelhaaren.", oder „Die mit dem Sex!"
Ich würde sagen: Ich bin eine glückliche Frau, die zwar bereits das Bergfest des Lebens gefeiert hat, aber das tun darf, was ihr Spaß macht: auf der Bühne stehen, Menschen zum Lachen bringen und lustige Lieder singen, obwohl meine Tochter meinen Gesang in ihrer Kindheit immer schrecklich fand.
Ich bin die, die manchmal das Gefühl hat, sagen zu müssen: „Ich habe studiert!". Vor allem, wegen der Themen, die ich gern in meinen Programmen und Büchern zum Besten gebe. Oder, wenn ich offen zugebe, dass ich ein Dschungelcamp-Gucker bin und statt Lyrik lieber Krimis lese.
Ich bin die, die die sozialen Medien liebt, weil sie mir die Möglichkeit geben, mit meinen Zuschauern Kontakt zu halten. Ich bin die, die aus demselben Grund gern nach den

Vorstellungen am Büchertisch sitzend oder direkt von der Bühne mit ihrem Publikum redet.
Und ich finde, man sollte dem Leben, so oft wie möglich, seine komischen Seiten abringen und sich selber nicht zu ernst nehmen.
Darum passt Komikerin ganz gut zu mir, oder?
Privat gibt es mich auch. Meistens zu zweit. Carsten und ich lieben uns seit 15 Jahren, für jeden von uns die am längsten anhaltende Beziehung des Lebens. Wahrscheinlich liegt das daran, dass wir es von Anfang an bevorzugten, in getrennten Wohnungen zu leben.
Meine erwachsene Tochter Pauli zog wegen ihres Studiums an der Uni Amsterdam in die Niederlande und blieb. Außerdem bin ich stolze Oma eines Enkelhundes namens Lemmy. Ich selber hatte eine schwere Kindheit und eine freudlose Jugend. Ich bin Lehrerkind.
Meine Eltern leben dort, wo ich einen Teil meiner Kindheit und Jugend verbracht habe, in der Landeshauptstadt Thüringens, in Erfurt. Meine jüngere Schwester Alexandra wohnt aus mir unerfindlichen Gründen seit fünf Jahren in Dortmund. Im Moment bereitet sie sich auf ihren Umzug nach Erfurt vor. Während meine Schwester in ihrem Leben gefühlt 100 Mal umgezogen ist, lebe ich seit 1984 in Potsdam.

MEHR ZUM LESEN

Tatjana Meissner
Sechs Quadratmeter Leben
Teil 1 – Tageshighlight
Enten füttern

ISBN: 9798570309180
Auch als eBook erhältlich

Gerade noch auf der Bühne gefeiert und jetzt steht sie am Herd? Corona kann einem schon den Tag versauen. Gottseidank gibt es ja noch den Balkon! Tatjana Meissner beschreibt in ihrem Tagebuch jeden einzelnen Tag ihres aus den Fugen geratenen Lebens. Ehrlich, nachvollziehbar, geistreich, gewitzt und so offen, als hätte sie nie einen Mundschutz getragen. Im ersten Teil „Tageshighlight: Enten füttern“ aus der Serie: „Sechs Quadratmeter Leben“ nimmt sie Tatjana Meissner mit in die Monate März und April 2020.

Tatjana Meissner
Die pure Hormonie
14,99 €
ISBN: 978-3359013730
Auch als eBook erhältlich
Eulenspiegel Verlag

Frech, ehrlich und zum Brüllen komisch! Um den Kinderwunsch wahr werden zu lassen, braucht es zwei. Was aber, wenn sich ein Dritter einmischt? Genau das macht Tatjana, ist sie sich doch sicher, dass es höchste Zeit ist, Großmutter zu werden.
Ein turbulenter, zum Schreien komischer Familienroman, Meissner-Kost vom Feinsten.

Tatjana Meissner
Du willst es doch auch
14,99 €
ISBN: 9783359024927
Auch als eBook erhältlich
Eulenspiegel Verlag

Tatjana Meissner redet gern über Sex. Eigener Sex, fremder Sex, erdachter und bezeugter — ihre Geschichten sind frech, verrucht, voller Humor und treffen direkt ins Schwarze. Ihr Kabarettpublikum reagiert mit Lachsalven und vehementer Zustimmung, denn: »Genauso ist es bei uns!«
Überall also lauern Sex-Geschichten, verpackt in betuschelten Geheimnissen und offen vorgetragenen Bekenntnissen. Das wollte die Entertainerin genauer wissen und befragte ihre Fangemeinde nach intimen Erfahrungen in ehelichen Schlafzimmern, Lotterbetten und Kornfeldern. Sie erhielt überraschende Einblicke in das Sex-Leben von Krankenschwestern, Köchen und Musikern, von Sexshopbesitzern und Dildofeen, betrogenen Frauen und Swingerclubbesuchern, Paartherapeuten und Macho-Coaches und schlägt einen Bogen von frühkindlicher Erziehung über erste Dates, Liebe, eheliche Pflichten hin zu Sex im Alter. Und zwischendurch rappelt es gewaltig..!

Tatjana Meissner
Herr Möslein ist tot
12,95 €
ISBN: 9783359023654
Auch als eBook erhältlich
Eulenspiegel Verlag

Tatjana ist rundum glücklich mit ihrem Carsten; seit einigen Jahren sind sie ein Paar. Beide sind über 40, und es gibt zwischen ihnen ein lustiges Spiel: Stell dir vor, wir hätten uns schon vor 20 Jahren kennengelernt! Als Tatjana eines Morgens in ihrem 25-jährigen Körper, in ihrer kleinen Wohnung neben ihrer wieder dreijährigen Tochter aufwacht, weiß sie nach der ersten Verwirrung, was sie zu tun hat: ihren Liebsten suchen. Eine rasante Geschichte über die Möglichkeit, alles noch einmal anders zu machen, nimmt ihren Lauf.

Tatjana Meissner
Alles außer Sex
eBook
7,99 €
ASIN : B07VXHXK4W
Eulenspiegel Verlag

Tatjana geht auf in ihrer Arbeit, hat gute Freunde, ihre Katze Chica. Und sie ist glücklich liiert mit Carsten, ihrem Traummann. Alles gut, wenn Tatjana nicht schon über vierzig wäre! Höchste Zeit, sagt ihre Mutter, den Angebeteten unter die Haube zu bekommen. Tatjana ist verunsichert: Gehört sie etwa schon zum alten Eisen? Ob Bandscheibenvorfall, Brille, Zellulitis, Midlife-Crisis - der Zahn der Zeit nagt an ihr und ihrem Freundeskreis. Carsten muss ihr den ersehnten Heiratsantrag machen, bevor der Lack ganz ab ist ... Tatjana Meissner erzählt humorvoll von der seltsamen Situation der über Vierzigjährigen, die nicht mehr ganz jung sind, aber deswegen noch lange nicht alt sein wollen.

Tatjana Meissner
Finde-mich-sofort.de
eBook
7,99 €
ASIN : B07VYMFK5N
Eulenspiegel Verlag

Was macht eine temperamentvolle Frau, die ihrem Singledasein ein Ende bereiten will? Sie geht ins Internet, erstellt ein Profil und klickt sich in so manches Abenteuer hinein. Dabei verstrickt sie sich in Amouren mit Gigolos und Charmeuren, Verheirateten und Rosenkavalieren, Heuchlern und Traumprinzen, Sexprotzen und Männern, denen die Libido abhanden gekommen ist. Sie lernt Cybersex und Tantra kennen. Ein herrlich unverblümter Bericht vom Finden und Finden lassen und wie das im World Wide Web gelingt.

ÜBER DIE AUTORIN

Tatjana Meissner - Kabarettistin und Autorin aus Potsdam- ist eine der erfolgreichsten, deutschen Kabarettistinnen und Entertainerinnen. Sie muss in keine Rolle schlüpfen, um ihr Publikum zu begeistern, denn sie erzählt mit ihrer charmant-frechen und bezaubernden Art irrsinnig komische Geschichten, paart Spielfreude mit Selbstironie.
Mit ihren vier Romanen und einem Sachbuch begeistert sie als Autorin eine ständig wachsende Leserschaft als Menschenversteherin und Fachfrau für intelligente Comedy über der Gürtellinie.
Alle Infos auch auf: **www.tatjana-meissner.de**

Printed in Poland
by Amazon Fulfillment
Poland Sp. z o.o., Wrocław

26572440R00078